U0925514

乡愁文丛　王剑冰　主编

白云一片动乡心

王充闾　著

中原出版传媒集团
中原传媒股份公司

大象出版社
·郑州·

图书在版编目(CIP)数据

白云一片动乡心 / 王充闾著.— 郑州 : 大象出版社, 2017. 5 (2018. 3 重印)
(乡愁文丛 / 王剑冰主编)
ISBN 978-7-5347-9199-4

Ⅰ. ①白… Ⅱ. ①王… Ⅲ. ①散文集—中国—当代 Ⅳ. ①I267

中国版本图书馆 CIP 数据核字(2017)第 066779 号

乡愁文丛

王剑冰 主编

白云一片动乡心

BAIYUN YIPIAN DONG XIANGXIN

王充闾 著

出 版 人 王刘纯
策　　划 王刘纯
责任编辑 李建平
责任校对 牛志远
装帧设计 王莉娟

出版发行 大象出版社(郑州市开元路 16 号 邮政编码 450044)
发行科 0371-63863551 总编室 0371-65597936
网　　址 www.daxiang.cn
印　　刷 洛阳和众印刷有限公司
经　　销 各地新华书店经销
开　　本 787mm×1092mm 1/16
印　　张 14.75
字　　数 145 千字
版　　次 2017 年 5 月第 1 版 2018 年 3 月第 2 次印刷
定　　价 32.00 元

找得到灵魂家园，记得住美丽乡愁

——“乡愁文丛”总序

王剑冰

我们强调保护中国的传统文化，而传统文化当中就有乡愁。乡愁是中国人热爱家乡、牵念故里的独特情结，是一种美好自然的文化观念。社会越是变化、越是浮躁，这种情结就越显珍贵。乡愁也是一种寻根意识，记住乡愁，记住美好的童年，记住美好的向往，也便是铭记我们的根本。

我们每个人都是故乡的一片叶子，这片叶子无论飘落多远，都无法摆脱大树对于叶子的意义。一个人的身上总有着故乡的脉络，流着故乡的血，带着永远不可改变的DNA。一个个的人也可以说是一个个村子的化身，他们走出去，分散得到处都是，却不会把村子走失。

说起乡愁，那是一种与生俱在的情怀，住在心中的故乡常常鲜活在那里。故乡是安放你的灵魂、温暖你的寂冷的地方，是接纳你的疲惫、抚慰你的忧伤的地方。翻开一页页被繁忙弄乱的过往，记忆中的余香总在儿时的故乡。那里有我们最亲密的玩伴、最爱吃的食物、最漂亮的衣衫、最天真的憧憬。而芬芳入梦的，多是亲人亲切的面容与温馨的相聚场面。那些亲人或已故去，或还在乡里。现在多数人对故乡的感觉同对年节的感觉一样，那种热闹团圆、香气弥漫的味道是乡情中最重要的部分。“每逢佳节倍思亲”，所以归乡最多的时刻是年节，带着满满的怀想、满满的辛苦，万水千山相携于途，构成最为壮阔的乡愁景观。古往今来，人们因为各种缘由漂泊在外，但总是要找机会赶回故里。金圣叹曾列举“不亦快哉”之事，其一即是“久客得归，望见郭门，两岸童妇，皆作故乡之声”。然而他们的欢喜中又带着那种“近乡情更怯，不敢问来人”的复杂心理。漫长的时光已然流逝，乡愁的话题始终没有停息，情怀早已渗透于诗歌典章，直至后来，还有余光中、三毛、席慕蓉不约而同地同题《乡愁》。

诚然，远在故乡之外的游子，生发的多为眷念之情，即使老杜有“漫卷诗书喜欲狂”“便下襄阳向洛阳”的返乡之举，回到家乡也还是要再出去，因“莼鲈之思”而辞官归返的张季鹰毕竟是少数。还有，余光中的《乡愁》或代表了一些人对于故乡的认知，那就是故乡即是母亲（或双亲）的代名，对于故乡的怀念即是对于母亲的怀念，回故乡即是为了看母亲，母亲不在了，故乡的概念便模糊起来。随着生活的变化，有人也不可避免地遇到了回乡的矛盾，记忆与现实发生了冲突，那种期待值与仪式感渐渐折损，许多美好已然变成了永久的追忆。所以有人会说：“我是真的爱家乡，不过爱的可能是记忆里的家乡。”确实，没有一成不变的事物，这是时间所带来的不可逆转的事实。然而不可逆转的还有那份强烈的牵绊，永恒的顾念并未因此而中辍，情感的执拗还是同那些疏离与怨怼扯断了关联。生生不息地以文字表达出来的乡愁，也成为中国文学中一个特有的传统。

作家们大都已离开生养自己的故土，但我们却能看出那种深深的乡愁情结，这其中有写生养自己的故乡的，也有写生活过的第二、第三故乡的，还有赞美如故知的他乡的。文丛中，地域山水皆有代表，民俗风情各具特色，多方位地展现出人与历史、人与环境的关系，彰显对亲人故土的真挚情怀以及对世态人生的深切感慨，给我们带来亲近，带来回味，带来启迪，让我们感受到温馨而深挚、苍郁而辽阔的文字力量。

我们说，在意乡俗年节，提倡尊崇温情，爱护碧水蓝天，留住美好记忆，是和谐社会建设的内容之一，也是复兴民族文化的核心之一。这样会把我们赖以生存的环境保护和建设得愈加贴近期待与理想，也会使我们愈加容易找得到灵魂家园，记得住美丽乡愁。大象出版社倾心打造这样一套阵容壮观的“乡愁文丛”，就是带有这样的初衷。该文丛是具有欣赏性、研究性、珍藏性的文学工程，也是一种文化的记忆与期望。“故乡今夜思千里，霜鬓明朝又一年。”随着时间的挥手远去，这种记忆与期望会愈加显现出它的意义。

2017 年初春

目 录

碗花糕

一

小时候，一年到头，最欢乐的日子要算是旧历除夕了。

除夕是亲人欢聚的日子。行人在外，再远也要赶回家去过个团圆年。而且，不分穷家富家，到了这个晚上，都要尽其所能痛痛快快地吃上一顿。母亲常说：“打一千，骂一万，丢不下三十晚上这顿饭。”老老少少，任谁都必须熬过夜半，送走了旧年、吃过了年饭之后再去睡觉。

我的大哥在外做瓦工，一年难得回家几次，但是，旧历年、中秋节却绝无例外地必然赶回来。到家后，第一件事是先给水缸满满地挑上几担水，然后再抡起斧头，劈上一小垛劈柴。到了除夕之夜，先帮嫂嫂剁好饺馅，然后就盘腿上炕，陪着祖母和父亲、母亲玩纸牌。剩下的置办夜餐的活，就由嫂嫂全包了。

一家人欢欢乐乐地说着笑着。《笑林广记》上的故事，本是寥寥数语，虽说是笑话，但包袱不多，笑料有限，可是，到了父亲嘴里，敷陈演绎，踵事增华，就说起来有味、听起来有趣了。原来，自幼他曾跟说书的练习过这一招儿。他逗大家笑得前仰后合，自己却顾自在一旁吧嗒吧嗒地抽着老旱烟。

我是个“自由民”，屋里屋外乱跑，片刻也停不下来。但在多数情况下，是听从嫂嫂的调遣。在我的心目中，她就是戏台上头戴花翎、横刀立马的大元帅。此刻，她正忙着擀面皮、包饺子，两手沾满了面粉，便让我把摆放饺子的盖帘拿过来。一会儿又喊着：“小弟，递给我一碗水！”我也乐得跑前跑后，两手不闲。

到了子时正点，也就是所谓“一夜连双岁，五更分二年”的时刻，哥哥领着我到外面去放鞭炮，这边饺子也包得差不多了。我们回屋一看，嫂嫂正在往锅里下饺子。估摸着已经煮熟了，母亲便在屋里大声地问上一句：“煮挣了没有？”嫂嫂一定回答：“挣了。”母亲听了，格外高兴，她要的就是这一句话。“挣了”，意味着赚钱，意味着发财。如果说“煮破了”，那就不吉利了。

热腾腾的一大盘饺子端了上来,全家人一边吃一边说笑着。突然，我喊：“我的饺子里有一个钱。”嫂嫂的眼睛笑成了一道缝，甜甜地说：“恭喜，恭喜！我小弟的命就是好！”旧俗，谁能在大年夜里吃到铜钱，就会长年有福，一顺百顺。哥哥笑说，怎么偏偏小弟就能吃到铜钱？这里面一定有说道，咱们得检查一下。说着，就夹起了我的饺子，一看，上面有一溜花边儿，其他饺子都没有。原来，铜钱是嫂嫂悄悄放在里面的，花边也是她捏的，最后，又由她盛到了我的碗里。谜底揭开了，逗得满场哄然腾笑起来。

父母膝下原有一女三男，早几年，姐姐和二哥相继去世。大哥、大嫂都长我二十岁，他们成婚时，我才一岁多。嫂嫂姓孟，是本屯的姑娘，哥哥常年在外，她就经常把我抱到她的屋里去睡。她特别喜欢我，再忙再累也忘不了逗我玩，还给我缝制了许多衣裳。

其时，母亲已经年过四十了，乐得清静，便听凭我整天泡在嫂嫂的屋里胡闹。后来，嫂嫂自己生了个小女孩，也还是照样地疼我爱我亲我抱我。有时我跑过去，正赶上她给小女儿哺乳，便把我也拉到她的胸前，我们就一左一右地吸吮起来。

但我印象最深刻的，还是嫂嫂蒸的“碗花糕”。她有个舅爷，在京城某王府的膳房里混过两年手艺，别的没学会，但做一种蒸糕却是出色当行。一次，嫂嫂说她要“露一手”，不过，得准备一个大号的瓷碗。乡下僻塞，买不着，最后，还是她回家把舅爷传下来的浅花瓷碗捧了过来。

一个面团是嫂嫂事先和好的，经过发酵，再加上一些黄豆面，搅拌两个鸡蛋和一点点白糖，上锅蒸好。吃起来又甜又香，外暄里嫩。家中每人分尝一块，其余的全都由我吃了。

蒸糕做法看上去很简单，可是，母亲说，剂量配比、水分、火候都有讲究。嫂嫂也不搭言，只在一旁甜甜地浅笑着。除了做蒸糕，平素这个浅花瓷碗总是嫂嫂专用。她喜欢盛上多半碗饭，把菜夹到上面，然后，往地当央一站，一边端着碗吃饭，一边和家人谈笑着。

二

关于嫂嫂的相貌、模样，我至今也说不清楚。在孩子的心目中，似乎没有俊丑的区分，只有“笑面”或者“愁面”的感觉。小时候，我的祖母还在世，她给我的印象，是终日愁眉不展，似乎从来也没见到过她的笑容；而我的嫂嫂却生成一张笑脸，两道眉毛弯弯的，一双水灵灵的大眼睛总带着甜丝丝的盈盈笑意。

不管我遇到怎样不快活的事，比如，心爱的小鸡雏被大狸猫捕吃了，赶庙会母亲拿不出钱来为我买彩塑的小泥人，只要看到嫂嫂那一双笑眼，便一天云彩全散了，即使正在哭闹着，只要嫂嫂把我抱起来，立刻就会破涕为笑。这时，嫂嫂便爱抚地轻轻地捏着我的鼻子，念叨着："一会儿哭，一会儿笑，小鸡鸡，没人要，娶不上媳妇，瞎胡闹。"

待我长到四五岁时，嫂嫂就常常引逗我做些惹人发笑的事。记得一个大年三十晚上，嫂嫂叫我到西院去，向堂嫂借枕头。堂嫂问："谁让你来借的？"我说："我嫂。"结果，在一片哄然笑闹中被堂嫂骂了出来。堂嫂隔着小山墙，对我嫂嫂笑骂着。我嫂嫂又回骂了一句什么，于是，两个院落里便伴随着一阵阵爆竹的震响，腾起了叽叽嘎嘎的笑声。原来，旧俗年三十晚上到谁家去借枕头，等于要和人家的媳妇睡觉。这都是嫂嫂出于喜爱，让我出洋相，有意地捉弄我，拿我开心。

还有一年除夕，她正在床头案板上切着菜，忽然一迭连声地喊叫着："小弟，小弟！快把荤油罐给我搬过来。"我便趔趔趄趄地从厨房把油罐搬到她的面前。只见嫂嫂拍手打掌地大笑起来，我却呆望着她，不知是怎么回事。过后，母亲告诉我，乡间习俗，谁要想早日"动婚"，就在年三十晚上搬动一下荤油坛子。

嫂嫂虽然没有读过书，但十分通晓事体，记忆力也非常好。父亲讲过的故事、唱过的"子弟书"，我小时在家里发蒙读的《三字经》《百家姓》，她听过几遍后，便能牢牢地记下来。我特别贪玩，家里靠近一个大沙岗，整天跑到那里去玩耍。早晨，父亲布置下两页书，我早就忘记背诵了，她便带上书跑到沙岗上催我快看，发现我浑身上下满是泥沙，便让我就地把衣服脱下，光着身子坐在树荫下攻读，她就跑到沙岗下面的水塘边，把脏衣服全部洗干净，然后晾在青草上。

我小时候又顽皮，又淘气，一天到晚总是惹是生非。每当闯下祸端父亲要惩治时，总是嫂嫂出面为我讲情。这年春节的前一天，我们几个小伙伴随着大人到土地庙去给土地爷进香上供，供桌设在外面，大人有事先回去，留下我们在一旁看守着，防止供果被猪狗扒吃了，挨过两个时辰之后，再将供品端回家去，分给我们享用。所谓“心到佛知，上供人吃”。

可是，两个时辰是很难熬的，于是，我们又免不了起歪作祸。家人走了以后，我们便悄悄地从怀里摸出几个偷偷带去的“二踢脚”（一种爆竹），分别插在神龛前的香炉上，然后用香火一点燃，只听“噼啪”一阵轰响，小庙里面便被炸得烟尘四散，一塌糊涂。我们却若无其事地站在一旁，欣赏着自己的杰作。

自以为神不知鬼不觉，哪晓得早被邻人发现了，告到了我父亲那里。我却一无所知，坦然地溜回家去。看到嫂嫂等在门前，先是一愣，刚要向她炫耀我们的战绩，她却小声告诉我：一切都露馅了，见到父亲二话别说，立刻跪下，叩头认错。我依计而行，她则爹长爹短地叫个不停，赔着笑脸，又是装烟，又是递茶，父亲渐渐地消了气，叹说了一句：“长大了，你能赶上嫂嫂一半，也就行了。”算是结案。

我家养了一头大黄牛，哥哥春节回家度假时，常常领着我逗它玩耍。他头上顶着一个花围巾，在大黄牛面前逗引着，大黄牛便跳起来用犄角去顶，尾巴翘得老高老高，吸引了许多人围着观看。这年秋天，我跟着母亲、嫂嫂到棉田去摘棉花，顺便也把大黄牛赶到地边去放牧。忽然发现它跑到地里来嚼棉桃，我便跑过去扬起双臂轰赶。当时，我不过三四岁，胸前只系着一个花兜肚，没有穿衣服。大黄牛看我跑过来，以为又是在逗引它，便挺起了双角去顶我，结果，牛角挂在兜肚上，我被挑起四五尺高，然后抛落在地上，肚皮上划出了两道血印子，周围的人都吓得目瞪口呆，母亲和嫂嫂“呜呜”地哭了起来。

事后，村里人都说，我捡了一条小命。晚上，嫂嫂给我做了碗花糕，然后，叫我睡在她的身边，夜半悄悄地给我“叫魂儿”，说是白天吓得灵魂出窍了。

三

每当我惹事添乱，母亲就说：“人作有祸，天作有雨。”果然，乐极悲生，祸从天降了。

在我五岁这年，中秋节刚过，回家休假的哥哥突然染上了疟疾，几天下来也不见好转。父亲从镇上请来一位姓安的中医，把过脉之后，说怕是已经转成了伤寒，于是，开出了一个药方，父亲随他去取了药，当天晚上哥哥就服下了，夜半出了一身透汗。

清人沈复在《浮生六记》中，记载其父病疟返里，寒索火，热索冰，竟转伤寒，病势日重，后来延请名医诊治，幸得康复。而我的哥哥遇到的却是一个“杀人不用刀”的庸医，由于错下了药，结果，我哥哥第二天就死去了。人们都说，这种病即使不看医生，几天过后也会逐渐痊愈的。父亲逢人就讲：“人间难觅后悔药，我真是悔青了肠子。”

他根本不相信，那么健壮的一个小伙子，眼看着生命就完结了。在床上停放了两整天，他和嫂嫂不合眼地枯守着，希望能看到哥哥长舒一口气，苏醒过来。最后，由于天气还热，实在放不住了，只好入殓，父亲却双手捶打着棺材，破死命地叫喊；我也呼着号着，不许扣上棺盖，不让钉上铆钉。尔后又连续几天，父亲都在深夜里到坟头去转悠，幻想能听到哥哥在坟墓里的呼救声。由于悲伤过度，母亲和嫂嫂双双病倒了，东屋卧着一个，西屋卧着一个，屋子里死一般的静寂。原来雍雍乐乐、笑语欢腾的场面再也见不到了。我像是一个团团乱转的卷地蓬蒿，突然失去了家园，失去了根基。

冬去春来，天气还没有完全变暖，嫂嫂便换了一身月白色的衣服，衬着一副瘦弱的身躯和没有血色的面孔，似乎一下子苍老了许多。其实，这时她不过二十五六岁。父亲正筹划着送我到私塾里读书。嫂嫂一连几天，起早睡晚，忙着给我缝制新衣，还做了两次碗花糕。不知为什么，吃起来总觉着味道不及过去了。母亲看她一天天瘦削下来，说是太劳累了，劝她停下来歇歇。她说，等小弟再大一点，娶了媳妇，我们家就好了。

一天晚上，坐在豆油灯下，父亲问她下步有什么打算。她明确地表示，守着两位老人、守着小弟弟、带着女儿过一辈子，哪里也不去。

父亲说：“我知道你说的是真心话，没有掺半句假。可是……”

嫂嫂不让父亲说下去，呜咽着说：“我不想听这个‘可是’。”

父亲说，你的一片心意我们都领了。无奈，你还年轻，总要有个归宿。如果有个儿子，你的意见也不是不可以考虑；可是，只守着一个女儿，孤苦伶仃的，这怎么能行呢？

嫂嫂说："等小弟长大了，结了婚，生了儿子，我抱过来一个，不也是一样吗？"

父亲听了长叹一声："咳，真像'杨家将'的下场，七狼八虎，死的死，亡的亡，只剩下一个无拳无勇的杨六郎，谁知将来又能怎样呢？"

嫂嫂呜呜地哭个不停，翻来覆去，重复着一句话："爹，妈，就把我当作你们的女儿吧。"嫂嫂又反复亲我，问"小弟放不放嫂嫂走"，我一面摇晃着脑袋，一面号啕大哭。父亲、母亲也伤心地落下了眼泪。这场没有结果的谈话，暂时就这样收场了。

但是，嫂嫂的归宿问题，终究成了两位老人的一块心病。一天夜间，父亲又和母亲说起了这件事。他们说，论起她的贤惠，可说是百里挑一，亲闺女也做不到这样。可是，总不能看着二十几岁的人这样守着我们。我们不能干那种伤天害理的事，我们于心难忍啊！

第二天，父亲去了嫂嫂的娘家，随后，又把嫂嫂叫过去了，同她母亲一道，软一阵硬一阵，再次做她的思想工作。终归是"胳膊拧不过大腿"，嫂嫂勉强地同意改嫁了。两个月后，嫁到二十里外的郭泡屯。

我们那一带的风俗，寡妇改嫁，叫"出水"，一般都悄没声的，不举行婚礼，也不坐娶亲轿，而是由娘家的姐妹或者嫂嫂陪伴着，送上事先等在村头的婆家的大车，往往都是由新郎亲自赶车来接。那一天，为了怕我伤心，嫂嫂是趁着我上学，悄悄地溜出大门的。

午间回家，发现嫂嫂不在了，我问母亲，母亲也不吱声，只是默默地揭开锅，说是嫂嫂留给我的，原来是一块碗花糕，盛在浅花瓷碗里。我知道，这是最后一次吃这种蒸糕了，泪水唰唰地流下，无论如何也不能下咽。

每年，嫂嫂都要回娘家一两次。一进门，就让她的侄子跑来送信，叫父亲、母亲带我过去。因为旧俗，妇女改嫁后再不能登原来婆家的门，所谓“嫁出的媳妇泼出的水”。见面后，嫂嫂先是上下打量我，说“又长高了”，“比上次瘦了”，坐在炕沿上，把我夹在两腿中间，亲亲热热地同父母亲拉着话，像女儿见到爹妈一样，说起来就没完，什么都想问，什么都想告诉。送走了父亲、母亲，还要留我住上两天，赶上私塾开学，早晨直接送我到校，晚上再接回家去。

后来，我进县城、省城读书，又长期在外工作，再也难以见上嫂嫂一面了。听说，过门后，她又添了四个孩子，男人大她十几岁，常年哮喘，干不了重活，全副担子落在她的肩上，缝衣，做饭，喂猪，拉扯孩子，侍弄园子，有时还要到大田里搭上一把，整天忙得脚打后脑勺子。由于生计困难，过分操心、劳累，她身体一直不好，头发过早地熬白，腰也直不起来了。可是，在我的梦境中、记忆里，嫂嫂依旧那么年轻，俊俏的脸庞上，两道眉毛弯弯的，一双水灵灵的大眼睛总带着甜丝丝的盈盈笑意……

又过了两年，我回乡探亲，母亲黯然地说，嫂嫂去世了。我感到万分地难过，连续几天睡不好觉，心窝里堵得慌。觉得从她的身上得到的太多太多，而我所给予她的又实在太少太少，真是对不起这位母亲一般地爱我、怜我的高尚女性。引用韩愈《祭十二郎文》中的话，正是“汝病吾不知时，汝殁吾不知日，生不能相养以共居，殁不得抚汝以尽哀，殓不凭其棺，窆不临其穴”，“彼苍者天，曷其有极”。

一次，我向母亲偶然问起嫂嫂留下的浅花瓷碗，母亲说：“你走后，我和你父亲加倍地感到孤单，越发想念她了，想念过去那段一家团聚的日子。见物如见人。经常把碗端起来看看，可是，你父亲手哆嗦了，碗又太重……”

就这样，我再也见不到我的嫂嫂，再也见不到那个浅花瓷碗了。

绿窗人去远

一

我想了一下，这篇回忆文字需要从我整理旧书说起。

我念过八年私塾，读过的、收藏的旧书不少，“三、百、千”“四书五经”，连同那些铜版、木版刻印的古代诗文选本、专集，以及部分史学名著，加起来总有一二百本吧。那淡淡的书香中，不仅埋藏了我的辛劳、凄苦的童年，浸透着近三千个日日夜夜的心血，而且许多书册上都留存着塾师的“手泽”：封面上有他用正楷题写的书名和我的名字，书页上还有他用朱笔点出的断句。

因此，半个世纪以来，我一直刻意地珍藏着。它们跟着我从僻远的荒村走进了县城，又从县城到了我曾工作过二十多年的城市，近十几年又随着我来到了省城。其间，它们也像人事一样，经历过甘甜，也遇到过苦难，甚至面临着被毁灭的危险。说来，我们也是患难之交了。虽然那些书里没有什么珍本、善本，并不具备特殊的收藏价值，但是，“书卷多情似故人”，毕竟存在一种难剪难理的深厚感情。

“文化大革命”的狂潮刚刚涌起，“破四旧”就开始了。那时，我刚刚从一家报社调到市委机关工作，行李和物品零乱地堆放在楼上一间暂时没有住人的空屋子里。这些锁在木箱里的旧书，也随之原封不动地运到楼上，已经很久很久没有打开过了。我整天提心吊胆地关注着这些旧书的命运，唯恐那些难以理喻、思想单纯的中学生会把它们作为“四旧”的典型付之一炬，可是，又苦于找不到一个理想的掩藏处所。为此，我常常中夜惊悚，忧心如捣。

一天，我在窗外闲步，突然发现这座楼房原是尖顶的，就是说，上面装有木质的桁架。那么，天花板上必然有着很大的空隙了。回屋看了看，墙后果然有个可以直达棚顶的缘梯。于是，便在一天深夜，悄悄地把书箱搬到棚顶上去，秘藏起来，然后，再把缘梯撤除。化用朱熹老夫子《九曲棹歌》中的两句诗，从此，也就“虹桥一断无消息，万卷千篇锁翠烟”了。

后来，“破四旧”的飓风虽然止息，其他名目繁多的“批判”“斗争”却还是一场接着一场，而且愈演愈烈。随着我连续几年下放工厂、农村劳动改造，就很少进入这座楼房来住宿了，更是难以提起展读旧书的兴致。直到机关给我分配了住房，家从农村迁回城市，一切都安顿得差不多了，我才重新架起梯子，钻到顶棚上，沾着浑身满脸的灰尘，把旧书箱搬运下来。屈指一算，已经八个年头过去了。

这天，我敲开了木箱的锈锁，把那些线装书一本一本地放到太阳底下晾晒着。顿时，仿佛我又回到了童年，像三十年前那样，依旧坐在塾斋的炕上。其中的“四书”（《大学》《中庸》《论语》《孟子》）是用一条布带子打着十字花捆起来的，解开布带，见到每页的书角全都用蜡液熨过，使得那些因为翻检频繁边角有些打卷儿的书页变得十分平整了。我想起来了，这都出自小妤姐当年的手泽。

记得那是1948年的秋天，小妤姐看我早就读了《诗经》《书经》等一大批新书，“四书”已经放在一边不用了，便把这一摞旧书收在一起，带回她的房间里。多少天以后，重新放置在我的书桌里的“四书”，已经熨得平平展展，简直像新的一样。我现在记不起来，这布条是她捆的还是我捆的，反正从那以后，这一套书我再也没有翻检过。因为过了旧历年，我就进入了高升镇上的补习班，半年后又考上了县城的中学。此后，面对的是全新的世界，便再也没有机缘接触这些旧书了。

现在，翻看着这一册册的线装书，有如旧梦重温，说不出味道是酸是甜，情绪是悲是喜，也许是几分欣慰又夹杂着丝丝的怅惘吧。翻着翻着，我突然发现《论语》上卷里夹着一张写在带格的彩纸上的字条。铅笔字，不怎么熟练，有些歪歪扭扭，却写得十分认真。三十几个字，都是竖着写的（标点是我加的，改了两个错别字）：

我要走了，也许以后我们再也不能见面了。嘱咐一句话：你太淘气，闹了几次危险了。

尽管过去没有见过小妤姐的字，但我知道肯定是她写的，不会是别人。

二

小妤姐是谁？她是我的塾师刘璧亭先生的小女儿。

要看她待我的那种真诚，那份情意，简直像我的亲姐姐一样，其实，我们之间没有任何亲缘关系。在我整个就读私塾期间，除了“嘎子”这个铁哥们儿，还有一个“课外指导”，就是小妤。

她小小年纪便遭遇到惨痛的不幸。十岁那年，在警察署长家充任家庭教师的母亲，因为遭到东家的奸污而含愤跳进了辽河。嫁到邻县的姐姐把小妤接了过去。待到刘先生在我们村里安顿下来，她又从姐姐那里回到父亲身旁。父亲受“女子无才便是德”的封建思想影响，不让她念书识字。可是，由于她赋性聪敏，又兼较长时期在私塾这种文化环境里熏陶，也懂得许多文化知识。她认识许多字，而且，会背《名贤集》《神童诗》中的不少诗句。

可能和从小就失去母爱有关系，她的性格有些内向，也比较孤僻，平素很少和邻居的孩子们交往，但与我却很合得来，用现在的话讲，共同语言比较多。我虽然小她四岁，个子却和她一般高，生就一副“孩子王”的英雄气概，又兼天资颖悟，课业拔尖，因此，很受她的青睐。每天，我到塾斋都很早，趁老先生还在吃饭，她就过来和我闲谈，还常常偷偷地拿出一些花生米和糖块给我吃。一次，她悄悄地告诉我，父亲昨天晚上犯了烟瘾，早晨起来就没有好气，让我背书时多加小心。

背书，都要站在地下，背对着老先生，面向着北墙上的孔夫子像。有几次，我从侧面的门帘缝隙看到小妤姐隐在门外的身影。我知道，她是在偷偷地听我背书，生怕我出现差错，遭到斥责。我那时特别贪玩，在复习功课时，经常从炕席上拆下一些苇篾，弯作弹弓，去弹射他人，以致时间一长，屁股底下便破出一个大窟窿。她便悄悄地把牛皮纸抹上糨糊加以粘补，有时，还趁同学放学回家，把苇席调换一个角度。这样，我也就可以继续干那种拆折苇篾、弹射别人的淘气勾当了。多少天以后，屁股底下又出现了漏洞，小妍姐便再次耐心地粘补，看不到有丝毫的厌烦情绪。遇到夜黑天，伸手不见五指，路上绝少行人，我念完三排香的“夜书”回家时，她总是拎起门后的一条木棒，往前护送一程，然后，自己再独自回去。

过大年前后，私塾临时停学几天，我便常常跟着小妍姐到前村去看戏。戏台距离地面有五尺高，用木板搭成，坐北朝南，台下挤满了看客，周边都是卖各种小吃的。到了那里，小妍姐总是先去给我买个大麻花或带窟窿的烧饼，然后，我就一边吃着一边观看。这天，我们看到了最精彩的节目。台上跑着一只金钱豹，神气活灵活现，简直和真的一样，一蹿，一闪，一跳，一滚，博得了满场的掌声。

还有一个武生，出场时，先是威风抖擞地亮个俊相，然后把一支钢叉朝着戏台上方飞掷过去，不偏不倚，端端正正，恰好扎在戏台的柱子上。亏得他功夫到家，扎得准，不然，稍稍出了一点偏差，飞叉就会掷到台下，扎在看客的脑袋上。尽管没有出现事故，但台下的人群早已慌作一团，吓得一个劲儿地“妈呀妈呀”地乱叫，过了好一会儿，才想起来拍巴掌喝彩。这时，武生却已踅回台后去了。我还瞪着一双眼睛，定定地等着看他的新招法，小妍姐却不容分说，拉起我的胳膊就往外走，嘴里一迭连声地叨咕着：“白给咱八百吊钱，也不看了，太危险。”

在家里闲不住，我们便去村子东头看高跷秧歌。广场上的人，围得里三层外三层，唢呐翻着样儿吹，铙钹、锣鼓敲得震天响。钻到里面一看，扮武丑的“头跷”刚好转到我们的身边。见他头戴着一顶黑尖帽，勾了个三花脸，嘴角旁留着个倒“八”字胡，手里摇着一条马鞭，左翻右摆，闪腰垫步，跳着各种秧歌的舞步。后面紧跟着大队人马，认得出来的有装扮成许仙、白蛇、孙悟空、猪八戒的人。

最有趣的是那个丑婆，身穿一套花衣红裤，耳朵上缀着两只红辣椒，手里攥着一根棒槌，嘴里还叼着一个烟管很长的大烟袋，搔首弄姿，忸怩作态，洋相百出。当她发现许仙和白娘娘正在眉目传情、亲亲热热地翩翩对舞时，便忙不迭地跳过去，抡起棒槌捣乱，一而再，再而三地加以干涉。我已经看得入神，张着大嘴哈哈地笑，小妤姐却把嘴巴凑到我的耳边，嘟囔了一句："你看这个老东西，烦人不烦人？"

三

这里，顺便说说小妤姐的字条上写的"你太淘气，闹了几次危险"的事。

在《青灯有味忆儿时》一文中，我写了由于塾斋闹学受到惊吓，病倒了三个多月。那期间，小妤姐曾多次到家里去看我，还给我做鸡蛋疙瘩汤吃。每次老师去家里探视，她都要随着前去。

还有一次，我站在秫秸垛上与隔院的孩子打土坷垃仗，脚下一出溜，不慎滑进了两个秫秸垛的夹缝里。秫秸的茬子尖尖的，像锋利的枪刺一般，把我的皮肤划出了十几处伤口，这样，人们还说："太幸运了，多亏没有扎着眼睛。"最尴尬的是，处在两个秫秸垛的夹缝中，左右动弹不得，往哪面靠都有尖刺顶着，而且根本无法出来。最后，还是由我父亲和东邻的二哥帮忙，把秫秸一捆一捆地倒腾开，才算解救出来。

最危险的那一次，我在《碗花糕》一文中写了，是被牛犄角挑起四五尺高，然后抛落在地上，肚皮划出了两道血印子，周围的人都吓得目瞪口呆。事后，人们都说我捡了一条小命。

听到我讲述这些情节，小妗姐一会儿焦急，一会儿惊悸，喃喃地说："简直把人吓死了，你可不能再这么闹下去。"过了一会儿，又补充一句："我父亲讲过，多难之人，必有后福。你是一个命大、有福的人。"

她就是这样对我一片真情，时时处处关心着照应着我。只是由于我当时年龄太小，不懂得感情上的事，对于她没有过任何的回报，甚至连一句感激的话都没有表露过。

有一次，我们坐在一起闲谈，说起了她的名字。她说："父亲四十多岁，才有了我，因此，开头我的大名叫作'晚芳'，后来，他又根据一句什么诗，给我改成了'野芳'。"

"不论'晚芳'还是'野芳'，名字都很典雅。"那时，我已经读过了《千家诗》，便告诉她："'野芳'的来历是宋代大诗人欧阳修的诗句：'曾是洛阳花下客，野芳虽晚不须嗟。'这个欧阳子似乎很喜欢'野芳'这两个字，他在一篇文章里还写过'野芳发而幽香，佳木秀而繁阴'。"

她听了高兴得跳起来，称赞我说："你知道的真多！"

就在这次闲谈之后不久，有一天深夜，我从睡梦中醒转过来，听到母亲和父亲在说话。母亲说："小妗这孩子真挺好，人不大，特别懂事，对咱们的孩子也是一片真心。"父亲接上说："老先生和他'魔怔'叔也有心把小妗嫁过来，好上结好，友情加上亲情。可是，我始终没有点头。我不吐口的原因，是他们二人的命相不对。咱们的孩子属猪，亥属水；小妤属羊，未属土，土克水，所以说：‘水土无常运，猪羊不到头。’与水命配婚，最好是属鸡或者属猴的，申、酉属金，金生丽水。命相不对，早晚遭罪。这门亲事做不得！姻缘系由天定，人事不可强求。”母亲也是最迷信命相的，听了父亲这番五行相生相克的宏论，轻轻地叹息一声，两人便再也无话了。

看来，在那个年代，儿女们的婚事在老一辈人的心目中，除了命相，其他条件都是可有可无的，都是费词，就像无须过问一根针尖上能够站立多少天使一般。

从那以后，好像就再也没有见到小妤姐。一天早上上学，发现我的书桌里整整齐齐地放着从《大学》到《孟子》的全套“四书”，书页全部用蜡液熨平了。

后来听说，小妤经她姐姐介绍，嫁给了邻县农村的一个小伙子。此后，我们再也没有见过面，音信也杳然了。1948年年底私塾停办，家居无事，追思曩昔，写了一些小诗，其中有一首涉及小妤姐：

秋水映长天，黄花似昔妍。
绿窗人去远，相见待何年？

望

写下了这个“望”字，我的眼前便浮现出坐落于渤海之滨熊岳城的望儿山。

在巨钟般的峻峙如削的山体的顶端，矗立着一座四五米高的砖塔，远远望去，活脱脱一位披襟当风、翘首远望的老妈妈。远航归来的游子，只要抬眼望去，就会被这动人的形象牢牢地吸引住，油然生发出一种感慰之情，顿觉海上的风波、旅途的劳累消减了大半。他们晓得，老妈妈站在那里，是在远望着久出未归的儿子。“朝朝鹄立彩云间，石化千秋望子还。”

清代诗人魏燮均路过此地时，曾写诗咏叹：

山下行人去不返，山上顽石心不转。
天涯客须早还乡，莫使倚闾肠空断。

寥寥数语，令人恸心伤情，感怀无限。立刻，我想起了自己的母亲。

一

母亲从四十三岁时生下我来，到她老人家九十岁辞世，四十七年间，我们母子在一起，大约只有二十年上下。童年阶段过去，我便外出求学、就业，中间南北东西，离合聚散，说起来也是一言难尽了。那时，通信条件很差，既没有电话可以联系，又找不到能够随时通报消息的人，寄信也不及时，母亲只有靠着推断，测定我的归期，总是早早地就站在外面张望，当然，十有八回收获的是失望。记得《战国策》中王孙贾的母亲对儿子说过这样的话："女（汝）朝出而晚来，则吾倚门而望；女（汝）暮出而不还，则吾倚闾而望。"真是千古同怀。望，成了人世间母亲对儿女盼归的主题词。

我从六岁开始，入私塾读书，每天晚上都要去温习夜课，无论刮风下雨、酷暑寒冬，年过半百的母亲，夜夜都要站在大门外面候望着我。回来时，家家都已熄灭了灯火，繁星在天，万籁俱寂，偶尔从谁家院子里传出来几声犬吠，显得分外凄厉而又响亮，我吓得大气都不敢出，心脏怦怦乱跳，像是怀里揣着个小兔子，一溜烟地往回疯跑着，直到看见了母亲的身影，才大叫一声"妈妈"，然后扑在她温暖的怀抱里。此刻，攻书的倦怠，赶路的惊恐，腹中的饥饿，身上的寒冷，一切都化解了。

劳累了一天的父亲已经睡下。不大工夫，母亲便把用猪油和葱花炒过的高粱米饭端到我的面前，然后装上一袋烟，坐在一边慢慢地抽着，直到我把米饭一粒不剩地吃完，她再安顿我睡下。但是，对于母亲，这一天的劳作并没有结束。寒冬腊月，夜间屋里一片冷清。母亲看着我钻进被窝，帮我把被子四下里掖紧，她又找出针线笸来，就着昏暗的豆油灯，一针一线地为我缝补着衣裳、鞋袜。有时半夜醒来，看到母亲还在小油灯下做活，微弱的灯光映着她那布满额上的皱纹和已经花白的头发，我心里很不好受，往后穿着衣服、鞋袜也就比较爱惜了。

我考取了县城中学的喜讯，给父母亲带来了巨大的欣慰，但是，同时也增加了他们的忧虑和挂念。半个月时间里，这“一则以喜，一则以忧”成了全家人的中心话题。有生以来，我还是头一次离开家门，远出求学，行前整个晚上，父亲、母亲都没有合眼。我也同样，睡得不好。醒转来，就发现两位老人面对面地坐着，不吭一声，默默地抽着烟、叹着气。几乎是动用了一切积蓄，为我备足了学费。早餐是丰盛的，包了菜饺子，炖了老母鸡，还蒸了一大碗鸡蛋糕，可是，谁也没有吃进去多少。素常寡言少语的母亲，一面帮我穿上新做的外衣，一面说：“往后，只能靠你自己照看自己了。”我哽咽着，说不出一句话，只有一串串泪珠滚落下来，算是无言的应答。

父亲三番几次催促我，可是，我就是不想上路。父亲背着行李走在前面，我却一步几回头，望着站在门前大沙岗上目送着我的母亲，她在遥遥地瞩望着，目送了好远好远，直到踪影不见了，才怅然而归。然后，她就计算着我可能归来的日子，依旧是站在大沙岗上，遥遥地瞩望着，瞩望着，数年如一日。

那天走在路上，我神情恍惚地反复默诵着清代诗人黄景仁的《别老母》诗，心里很不是滋味。

搴帏拜母河梁去，白发愁看泪眼枯。

惨惨柴门风雪夜，此时有子不如无。

后来，听母亲告诉，我走了之后，她把平素我喜欢吃的东西，包括春节时腌在酱缸里的咸猪肉、端午节挂在房檐下的粽子，都精心留存下来。有一年，园子里结了个特大的香瓜，母亲说要留给我，一天到晚看守着，不许任何人动，直到熟透了，落了蒂，最后烂得捧不起来。

又过了二十几年，我们终于团聚了，但我还是经常外出开会，或者去工厂、农村蹲点、调查。母亲几乎天天都站立在楼上的窗前，遥遥地望着，望着。渐渐地，老人家的眼睛看不清东西了，可是耳朵却异常灵敏，隔着很远，就能够辨识出我的脚步声。只要告诉她，我在哪天返回来，母亲便会在这一天，拄着拐杖，从早到晚站在门里面，等着听到我的动静好顺手开门，直到把我迎进屋里。这时，老人家便再也支撑不住了，全身像瘫痪了一样，卧伏在床铺上。

二

在我的心目中，母亲就是家，家就是母亲。母亲、故乡、童年紧紧地联系在一起。正如一位大作家讲的，人即使到了七十岁、八十岁，只要老母亲还在，便可以多少还有点孩子气。一个人，若是失去了母亲，便像鲜花插在瓶子里，虽然还有色有香，却已经失去了根底。

在母亲永远离开我们的时节，我的感觉，就是花儿离开了泥土，鸟儿无家可归，一天到晚，心神不宁，像辞柯的黄叶飘飘荡荡，像懒散的白云浮漫无根。

那天我正在北京出差，突然接到家里传来的母亲病故的电报，立刻脑袋就轰地一下，感到一阵晕眩。尽管老母亲已过耄耋之年，平常身体也不怎么好，但这个噩耗毕竟还是来得过于突然，一时我竟哽咽得说不出一句话来，两腿像瘫痪了一样，好一阵子站立不起来。我的眼前，模模糊糊地映现出老母亲伛偻的身影，可是，瞬间便消失了。我马上意识到，从此，便和母亲人天永隔，再见面只能在魂梦中了。

乘坐火车赶回去奔丧，心里乱成了一团，分辨不出快慢来，忘记了昏晓，也失去了饥渴的感觉，觉得整个身心特别地疲倦，却又片刻也睡不着，整个意念都沉浸在无边的悲戚和痛苦的回忆里。

我的母亲出身于一个满族的世家，她的祖上爱新觉罗氏有几代都是清朝的文武官员。小时候，我在外祖父家的特大樟木箱里，看到过祖辈传下来的黄马褂、顶戴、雕翎和八股文试帖，记得还有一部朱笔点批的《朱子大全》，据说很有些来头。

但我母亲并没有上过学，外祖父恪守着“女子无才便是德”的古训，尽管家境比较富裕，却不许女儿读书识字。母亲后来能够看些通俗的话本、鼓词，也能磕磕绊绊地读几句“子弟书”，都是在我父亲的熏陶渐染之下逐步习练的。

旧时婚姻讲究门当户对，可是，当时父亲却十分贫困。本来我们祖上的家业也较为厚实，只是因为祖父英年弃世，父亲年岁又小，门衰祚薄，支撑不起这个家当，遂使家道中落。母亲一个大家闺秀，突然经历这困苦的生涯，不仅没有丝毫怨言，而且很快就适应了艰难的环境。她真像古代圣贤说的，“素富贵行乎富贵，素贫贱行乎贫贱”，称得上一个典型的贤妻良母型的东方女性。她相夫教子，安贫乐道，全家上下，街坊邻里，无不交口称赞。

三

我有一个姐姐、两个哥哥。姐姐大我二十二岁，她非常聪慧，受家庭影响，从小读了许多文学作品，一部《红楼梦》，据她对父亲说，读过六七遍。每番读过，都是泪眼模糊，三两顿不想吃饭。不知患了什么病，在我两岁时她就故去了。听说姐夫是一个电话接线生，夫妻感情深笃，当时悲痛欲绝。一天，他托起两岁的女儿，凄然地交给我的母亲，然后长跪在地下，连着叩了几个头，呜咽地说："妈妈，给你增加了拖累，实在是对不起。原谅我这个不肖的儿男吧！"就在这个风雨凄其的当晚，鸿飞冥冥，一去便再无踪影。有的说他出了家，有的说他投了军，始终音信杳然。

这样，母亲便怀抱着我和外甥女这两个不懂事的孩子。我们整天嚷着要奶吃，母亲眼含着泪水，敞开衣襟，把两个已经干瘪的乳头分给我们一人一个。可是，由于吸吮不到奶水，两人又同时"哇哇"地哭叫起来。

外甥女出生在市井繁华的著名商埠营口，习惯了车水马龙、灯红酒绿的都市生活，乍一来到穷乡僻壤，油灯不明，道路不平，茅屋低矮，不见楼房、电车，不见熙熙攘攘的闹市，终日哭闹着要电灯，要上楼，要逛街，要妈妈。每一声哭闹，都牵动着母亲的思女之痛，仿佛尖利的钢针一根根都扎在心窝上。

屋漏偏遭连夜雨。正在这令人肠断的日子里，我的二哥又病倒了。二哥大我十六岁。他还在读书时，就写得一手潇洒、俊逸的"赵体"字，三间屋里每面墙上，都有他的淋漓墨迹。不幸的是，在我三岁时，结核菌就夺去了他年轻的生命。妈妈眼望着墙上鲜活的字迹，想起那突然消失了的活蹦乱跳的小伙子，泪水随之唰唰地流下。为了免去触景伤怀，睹物思人，父亲伤情无限地花费一整天时间，用菜刀把墙上的字迹一个个铲掉，然后再用抹泥板抹平。

时间老人的手里也操着一把抹泥板。随着岁月的迁移，父母亲心上的伤痕慢慢地也有些平复了，脸上开始见了笑模样，话语也逐渐增多了。谁知，一波甫平一波又起，更惨痛的灾难又降临到了两位老人身上。

真是“衰门忍见死丧多”！二哥殁后三年，我的当瓦工的大哥患了疟疾，庸医误诊为伤寒，下了反药，出过一身凉汗之后，猝然就断气了。面对着这场惊心动魄的打击，母亲孱弱的身躯再也难以承受了，足足病倒了三个月，形容枯槁，瘦骨支离，头发花白，终日以眼泪洗面。但是从此以后，不管遇到怎样伤情的事，她也只是呜咽几声，再也哭不出眼泪来了，亲友们说她已经把泪水哭干了。

四

我们这一代，母亲还没有照看完，又开始把她衰迈的精力投放到下一代身上。结婚后，我们有了个小女孩，母亲爱怜备至。晚上搂在身旁，早晨起来以后，耐心地给她梳着小辫儿，扎着蝴蝶结、鸳鸯结、葫芦结，每天都变换一个花样。白天，像当年拉扯着我和外甥女那样，领着小孙女从后园子转到前院，又从前院爬坡到沙岗上，到处转悠着，讲各种各样的传说、故事，只是再也抱不动了。

看着老母亲苍苍的白发和伛偻的身躯，我想，她把整个一生都献给了儿孙，真个是“谁言寸草心，报得三春晖”！

父亲去世之后，母亲情怀抑郁，备感孤寂，我护送她到三姨家里暂住一个时期。那是一个紧靠着辽河边的小村落，离县城大约有十华里。我们母子下了火车，来到县城。当时正处在“文革”初期，县里和农村都没有人管正事，群众临时在大堤上开辟一条道路，凸凹不平，还没有通公共汽车。我只好从朋友家里借了一辆自行车，让母亲坐在鞍座上，我在前面推着。

可是，她从来没有这样坐过，生怕跌下来，便紧紧地搂抱住我的腰。我一面要推车前进，一面还要回头照看母亲，非常费力，汗水湿透了棉衣，呼呼地喘着大气。母亲怜惜我，多次让我停下来休息一会儿。我说，天气太冷，还是快一点赶路吧，不然，容易把老人家冻感冒了。这一段原本不算太长的路程，我们足足走了两个半小时。

吃过了晚饭，三姨就把我安顿在滚热的炕头上早早躺下。这一天我确实很累，但是，心里却很踏实，很舒坦——我终于帮助母亲做了一点事。可惜，对我来说，这类机会实在是太少了。母亲为我、为孩子们操劳了一辈子，我长年在外，没有为老人尽过更多的孝心。即使我再苦再累，直到粉身碎骨，也难以酬报深恩大德于万一。

跟随我们进城之后，母亲时时想念着故里的乡亲。她经常催着小孙女给老家的亲朋故旧写信，每次都要在信尾捎上她的几句话。逢着有人自故乡来，她总是不知疲倦、不厌其烦地问长问短，从西邻的二婶、北院的三叔到屋后的枣树、门前的沙岗，都一一问遍。她说，最割舍不得的，是喝了几十年的门前那口井的甜水，从今以后，再也喝不到了。

老家来人的那几天，是她最快活、最精神的日子，白天也唠，晚上也唠，有时半夜醒来，还要接着唠个不停。几天过去，乡亲要回去了，她总要三番五次地挽留，舍不得放他们走。

那时，家里还没有电视机，为了消除母亲的寂寞和愁闷，我在工余之暇，常常到文化艺术馆去借一些母亲早年喜欢听的鼓词唱本，带回家去讲给她听。听着听着，她就抿着嘴乐了，脸上露出一种少见的笑容。

一次，听了我讲述《白蛇传》的故事之后，她高兴地插上了几句“子弟书”的唱词：“千错万错都是卑人的错，望娘子海量且容宽，从今再不信和尚的话，白头相守永无嫌。”这些都是从前听我父亲吟唱时记下来的。

有时，看我太忙腾不出工夫来，她就让我上了小学的女儿给她念，但小孙女毕竟识字有限，每当遇到一些陌生、难认的名字，像秦琼、哪吒、貂蝉、窦娥等就蒙住了，还要由老祖母在一旁提词儿。老人家却乐得这样，总是兴致勃勃地听过一遍，再听一遍；同时，不住声地夸赞小孙女能够“识文断字”了。

五

母亲个性刚强、果断，自尊心强。“任可身子受苦，绝不让脸上受热。”这是她经常挂在嘴上的一句话。

她赋性严谨，口不轻言，平素很少和人开玩笑。对子女要求非常严格。在我四五岁的时候，有一次，她发现放在大柜里的几个特大的铜钱不知了去向，便怀疑是我偷偷拿出去换了糖球儿吃。于是，从早到晚审问我，逼着我承认。她铁青着脸，目光炯炯似剑，神态峻厉得有些吓人。我大声地哭叫着，极力为自己辩解，并且，用拒绝吃饭、睡觉来表示抗议。母亲没办法，只好再一次翻箱倒柜，最后到底找到了，原来是记错了存放的地方。她长时间地紧紧地搂抱着我，深表悔慰之情，在尔后的几十年间，还曾多次提到这件事，感到过意不去。

我知道，母亲是在望子成龙的心理压力的驱使下情急而如此的。她看重的并不是几个铜钱，而是儿子的品格素质、道德修养。爱之愈深，责之愈切，律之则愈严。这一点，对我后来的为人处世产生了深远的影响。在我成长的关键时刻，母亲对我进行一番生命的教育，把志气和品性传给了我，用的不是语言文字，而是行为。

小时候，还有一件事留给我十分深刻的印象。我家院子里西厢房，住进了一位从山东搬迁过来的房客，我们称他“靳叔叔”。他人缘很好，可是同他说话必须大声叫喊，原来是个聋子。左邻右舍的婶子大娘们，看他“光杆子”一个，就给他提媒，把邻村一个智力有些缺陷的女人介绍给他。新娘比新郎年轻，手大、脚大、脸盘大，整天笑嘻嘻的，我们都叫她“笑婶”。“笑婶”特别喜欢戴花，只要上街，她就会拿出靳叔叔所有的钱把花买下。无论是真花假花，山花野花，见着了就往头上插，十朵二十朵，层层叠叠，满头花枝摇曳，然后，就对着镜子前后左右地照。却不懂得坐下来唠唠家常嗑儿，和丈夫说句体己话。办喜事那天，深更半夜里，聋子新郎一遍又一遍地催促着新娘脱衣服，可是，新娘却只是“呵呵呵”笑着，硬是不动弹。她越是在那里傻笑，新郎便越是恼火，最后，竟至蛮声蛮气地大吼起来："你要脱裤啊！你怎么就不脱裤呢？"自此，"脱裤啊，脱裤啊"成了村里的一个笑料。

这个"笑婶"确是有些"缺心眼儿"。妈妈看她不会做针线活，便将一件年轻时穿过的带大襟的旧棉袄送给她。不料，她却将前后两面颠倒过来穿反了，结果，费了很大劲也系不上纽扣，逗得人们在一旁窃笑。有时，在大门外，还会围上一群孩子、大人，抓住"笑婶"的一些话柄来耍笑她。每逢见到这种情景，妈妈都要喊我回家，不但不让我跟着掺和，连看热闹都不许。她很看重这类问题，总是严词厉色地告诫说，这样地取笑别人，是很不道德的——痴乜呆傻没有罪过。妈妈没有上过学，说不出来"尊重别人也就是尊重自己"和"己所不欲，勿施于人""恻隐之心，人皆有之"那番书本上的大道理，却极富同情心，总是设身处地，将人心比己心；而且，能从实际出发，讲出一条颇有些辩证色彩的理论：太阳爷不会总在一家头顶上红，三十年风水轮流转。上辈子聪明伶俐的，下辈人难免痴乜呆傻，现在你们笑人家，将来人家笑你们。

听说山东解放了，靳叔叔立刻返回老家，"笑婶"也不知了去向。一天，母亲打扫西厢房，无意间从棚顶上发现了一个小口袋，里面装有四块银洋。料想是靳叔叔唯恐"笑婶"乱花，私自藏起来的，过后却忘记了，没在离开时带走。当天晚上，母亲同全家人商量，想什么办法给靳叔叔捎回去。父亲说："只听说他家在山东，可是，九州十府一百零八县，人海茫茫，到哪儿去找啊？你这个难题可不小。"可是，母亲并不死心，几乎问遍了屯里外出的人，人人都说：找那干啥？到街上割二斤肉、打一瓶酒，吃掉算了！即便是老靳仍然在世，恐怕连他自己也忘光了。可是，母亲并不这么想，她说：“人家血汗挣下的钱，我们迷着黑心眼子给花了，于良心有愧。”尔后过去了几十年，对此，她仍然耿耿在念，不能自释。钱始终放在大柜底下，任何人都没有动过。

六

我从小就养成了一种爱玩水、爱鼓捣泥巴的习惯，特别是到了风天雨天，总愿意在大沙岗子上无数次地爬上滚下。用现今的时髦话来说，叫作怀有一种“恋土情结”。我们可不要轻看它，追溯一番还是颇有来历的。记得《庄子·在宥》篇里，有这样一句富于哲理的话：“今夫百昌皆生于土而反于土。”意思是，而今万物都生长于泥土而又复归于泥土。但是，应该说明，我这种“恋土情结”的形成，却并非来自书本，而是自小由母亲灌输给我的。

母亲不可能知道古圣先贤笔下的高言谠论，更没有读过源于西方文明的《圣经·创世记》，可是，她却郑重地告诉过我：咱们世上的人，都是天皇爷用泥巴捏出来的。看着那一个个动来动去、呆头呆脑的小东西，天皇爷便往他们鼻孔里吹气，一天吹三次，吹了七七四十九天，这些小东西才有了灵性，动了心思。这个胎里带来的根基，使得人一辈子都要和泥土打交道，土里刨食，土里找水，土里求生，土里扎根，最后，到了脚尖朝上、辫子翘起那一天，又复归于泥土之中。

母亲还说，不亲近泥土，孩子是长不大的。也许是为了让我快快长大吧，从落生那天起，母亲就叫我亲近泥土——不是用布块裁成的褯子包裹，而是把我直接摊放在烧得滚热、铺满细沙的土炕上，身上随便搭一块干净的布片。沙土随时更换，既免去了洗洗涮涮的麻烦，又可以促进身体健康，据说，这样侍候出来的孩子，长大之后不容易患关节炎。

原来，那白里透黄、细碎洁净的沙子，是我们当地的一种土特产,用处可多着哩。舀上一撮子放进铁锅里,烧热了可以炒花生、崩爆米花，不生不煳，酥脆可口。那味道，走遍天涯也忘怀不了。遇上连雨天，屋地泛潮了，潮虫乱乱营营地满地爬着，只要把沙子烧得滚烫，倒在地上，笤帚慢慢地一扫，地很快就干爽了。各家盘炕时，总要往炕洞里填进许多沙子，热量积存在沙子里，徐徐地往外散发，炕面便整夜温乎着。沙子还能治病。劳累了一辈子的老年人，常常闹身子骨酸痛，夏天找一处向阳的沙滩，只穿一个裤头，把整个身子埋进去，不出一个时辰就会满身透汗，酸啊痛哪,一股脑儿都跑到爪哇国了。因此,当本地姑娘嫁到外村时,在送亲车上，除了装上新做的被褥、备用的摇篮，还要特意带上几袋细沙子。

我的恋土情结达到最高潮，是在乱跑乱跳、疯淘疯炸的年龄段上。那时，整天在外面摸爬滚打，成了地地道道的泥孩儿。夜晚光着脚板在河边上举火照蟹，白天跳进池塘里捕鱼捉虾，或者踏着黑泥在苇丛中钻进钻出，觅雀蛋、摘苇叶，再就是成天和村里的顽童们打泥球仗。一般情况下，母亲是不加管束的，只是看到我的身子太脏了，便不容分说，将我脱得光光的，然后按在一个过年时用来宰猪煺毛的大木盆里，里面灌满了温水，再用丝瓜瓤儿蘸着肥皂沫，把我全身上下搓洗一通。

泥土伴着童年，连着童心，滋润着蓬勃旺盛的生机活力。可以说，我的整个少年时代都是在泥土中摔打过来的。

七

母亲去世前一年，我奉调到省城工作，这是和家人团聚几年之后，又一次远离家门。老人家当时身体已经很衰弱了，打心眼儿里不情愿我走，但是，她知道我是“公家人”，一身不能由己，最后还是忍痛放行了。告别时，她久久地拉着我的手不放，一再地嘱咐：“往后是见一次少一次了。只要能抽出身，就回来看我一眼。”听了，我的心都有些发颤，唰地眼泪就流了下来。后来听妻子说，我走后还不到一星期，母亲就问小孙女儿：“你爸爸已经走一两个月了，怎么还不回来看看？”

每当听到人们唱《烛光里的妈妈》，我总是想，母亲所体现的正是一种红烛精神。为了子女，她不惜把自己的一切都化作烛光，直到燃尽最后一滴蜡泪。她慷慨无私、心甘情愿地承受着百般劳苦，不为名不为利，也不需要任何报偿。她唯一的希望，就是年迈之后，儿子、媳妇、孙儿、孙女不要把她遗忘了。

她对个人生活的要求，十分简单，非常有限，什么锦衣玉食、华堂广厦，对她来说，并没有实际价值；她只是渴望，有机会多和儿孙们在一起谈谈心，唠唠家常，以排遣晚年难耐的无边寂寞。特别是喜欢回忆晚辈的一些儿时旧事，因为老年人终日都生活在忆念与盼望之中。

不分贵贱贫富，应该说，这是十分廉价、极易达到的要求。可是，十有八九，我们做儿女的却没能给予满足。我就是这样。

那时节，整天都在奔波忙碌之中，没有足够理解母亲的心思，重视母亲的真正需要，对于母亲晚年的孤寂情怀体察得不深，缺乏感同身受的体验，没能抽出时间多回家看看，忽略了要和老母亲聊聊天，更谈不到给予终生含辛茹苦的母亲以生命的补偿了。

结果，老人常常深深陷于一种莫名的寂闷之中。这种寂闷，在痛苦的思念中发酵，在热切的期待中膨胀，在无边的失望中弥漫，致使老人家逐渐逐渐地变得沉默寡言，神情木然，丧失了生命的活力。

二十年过去了，有时看到桌上的电话，心里还一阵阵地觉着难过。现在，即使远在千里万里之外，只要拨个电话，就可以随便和家人欢谈。可是，那时家里却没有这种条件。记得到省城工作后，赶上过端午节，我想到应该给老母亲捎个话，问候问候，告诉她我一切都好，不要挂念。于是，就往我原来所在的机关拨个电话，请为转告。听说，老母亲欣慰之余，又不无遗憾地对那位传话的同志说，她实在走动不了啦，不然，一定跟他到机关去，在电话里听听我的声音，亲自同我交谈几句。

在漫长的岁月里，老人家为儿女们的成长、升腾，一步步地搭设台阶，架桥铺路。可是，她可曾料到，路就桥成之日，恰是儿女高飞远翥之时。最后，只剩她一个人“茕茕孑立，形影相吊”了。

《光明日报》曾开辟“永久的悔”专栏，如果说我也有永久的悔，那就是在母亲的有生之年，特别是晚年，我同她交流得太少了，我在她身边的时间过于短暂了。“树欲静而风不止，子欲养而亲不待。”现在，只能抱憾于无穷，锥心刺骨也好，呼天抢地也好，一切一切，都无济于事了。

“子弟书”下酒

一

这已经是五年前的事了。

春节过后，友人佳生先生冒着北风烟雪来到舍下。进屋以后，我一面忙着为他扫掉身上的雪花，一手接过他递过来的用厚纸包裹的东西。他笑着说：“盘飧市远无兼味，行李家贫只旧书。——这么一点意思。不过，这件东西可能还是你最喜欢的。”

什么是我“最喜欢的”呢？当然只有书籍了。打开一看，果然不错。这是一部由北京市民族古籍整理出版规划小组辑校的《清蒙古车王府藏子弟书》，上下两册，装帧精美，收录“子弟书”近三百种，达一百万字。

“知我者，张子也！”我高兴得叫了起来。

我告诉他，这里面的许多段子，小时候我都听过。摊开“子弟书”的册页，立刻就忆起了我的童年，我的父亲。“书卷多情似故人”这句诗，过去虽然也常说，但是，现在才备感真切。

我的家乡离满族聚居区北镇县城（从前叫广宁府）比较近，都在医巫闾山脚下。这一带，盛行着吟唱“子弟书”的风习，我父亲就是其中的痴迷者。童年时在家里，除去我听惯了的关关鸟语、唧唧虫吟等大自然的天籁，经常萦回于耳际的就是父亲咏唱《黛玉悲秋》《忆真妃》《白帝城》《周西坡》等“子弟书”段的苍凉激越的悲吟。

客居旅舍甚萧条，采取奇书手自抄。

偶然得出书中趣，便把那旧曲翻新不惮劳。

也无非借此消愁堪解闷，却不敢多才自奥比人高。

渔村山左疏狂客，子弟书编破寂寥。

这段《天台传》的开篇，至今我还能背诵出来。

原来，清代雍乾之际，边塞战事频仍，远戍边关的八旗子弟不安于军旅的寂寞，遂将思家忆旧的悲怨情怀一一形之于书曲，辗转传抄，咏唱不绝。当时，称之为“边关小调”或“八旗子弟书”。迨至嘉庆、道光年间，尤为盛行。满族聚居地的顺天、奉天一带的众多八旗子弟，以写作与吟唱“子弟书”为时髦，有的还组成了一些专门的诗社。

“子弟书”文辞典雅，音调沉郁、悠缓，唱腔有东城调和西城调之分。东城调悲歌慷慨，清越激扬，适合于表现沉雄、悲壮的情怀；西城调缠绵悱恻，哀婉低回，多用于叙说离合悲欢的爱情故事。总的听起来都是苍凉、悲慨的。因此，常常是唱着唱着，父亲就声音呜咽了，之后便闷在那里抽烟，一袋接着一袋，半晌也不再说话了。这种情怀对于幼年时代的我，也有很深的感染。每逢这种场合，我便也跟着沉默起来，或者推开家里的后门，望着萧凉的远山和苍茫的原野，久久地出神。

二

父亲少年时读过三年私塾。按当时的家境，原是可以继续深造下去的。岂料，人有旦夕祸福，在他十岁那年，我的祖父患了严重的胃出血症，多方救治，不见转机，两年后病故了，年仅三十七岁。家里的二十几亩薄田，在延医求药和处理丧事过程中，先后卖出了一多半。孤儿、寡母，再也撑持不起这个家业了，哪管是办一点点小事都要花钱找人，典当财物，直到最后把村里人称作"地眼"的两亩园田也典当出去了。生活无着，祖母去了北镇城里的浆洗坊，父亲流浪到河西，给大财主"何百万"家佣工，开始当僮仆，后来又下庄稼地当了几年长工。

听父亲讲，这个大户人家是旗人，祖居奉天，后来迁到此地。大少爷游手好闲，偏爱鼓曲，结交了一伙儿喜爱"子弟书"和东北大鼓的朋友。一进腊月门，农村收仓猫冬，便让长工赶着马车去锦州接"说书先生"（这一带称艺人为"先生"），弹唱起来，往往彻夜连宵。遇有红白喜事，盖新房，小孩办满月，老人祝寿诞，都要请来"说书先生"唱上三天两宿。招待的饭菜一例是高粱米干饭，酸菜炖猪肉、血肠。所以，艺人们有一套俏皮嗑儿："有心要改行，舍不得白肉和血肠；有心要不干，舍不得肉汤泡干饭。"何家藏有大量的"子弟书"唱本，都是由沈阳文盛堂和安东诚文信书局印行的。父亲从小服侍大少爷，在端茶送水过程中，经常有机会接触这种艺术形式，培养了终生的爱好。

成家立业、自顶门户以后，父亲也还是在紧张的劳动之余，找来一些"子弟书"看。到街上办事，宁可少吃一顿饭，饿着肚子，也要省出一点钱来，买回几册薄薄的只有十页、二十页的唱本。冬天闲暇时间比较多，他总是捧着唱本，唱了一遍又一遍。长夜无眠，他有时半夜起来，就着昏暗的小油灯，压低了音调，吟唱个不停。有些书段听的次数多了，渐渐地，我的母亲、我的姐姐、我也都能背诵如流了。这对我日后喜爱诗词、练习诗词写作起到了熏陶、促进的作用，甚至对于我的父亲以及我小时候情绪的感染、性格的塑造都有一定的影响。

当然，这种影响毕竟是有限度的。那个时候的乡下，本质上还是一个日常生活、日常观念的世界。人们有限的精力和体力，几乎全部投入带有自然色彩的自在的生活、生产之中，而非日常所必需的社会活动领域和自觉的精神生产领域尚未得以建构，或者说尚未真正形成。尽管我父亲算是一种例外，他的酷爱曲艺，喜欢文学作品，并不止于单纯消遣的层面，但是，也还谈不上进入自觉的非日常生活主体的创造性审美意境。而就绝大多数的读者、听众来说，这类通俗的曲艺作品，不过是作为一种日常生活的添加剂，发挥着消除体力劳动的疲倦，消磨千篇一律的无聊光阴的作用。这样，在这些曲艺作品走向千家万户的同时，也就失落其固有的内在审美本质，变成了一种同纸牌、马戏差不多少的纯粹的日常消遣品。

父亲喜爱“子弟书”，可说是终生不渝，甚至是老而弥笃。在我外出学习、工作之后，每当寒暑假或节日回家之前，父亲都要写信告诉我，吃的用的，家里都不缺，什么也不要往回带，但在信尾往往总要附加一句：如果见到新的“子弟书”唱本出版，无论如何也要买到手，带回来。遗憾的是，五六十年代这种书出得很少。为了使他不致空盼一场，我只好到市图书馆去借阅，那里有我一个老同学，我所有的借书都记在他的名下。1969 年春节前夕，我回家探亲，父亲卧病在床许多天了，每天进食很少，闭着眼睛不愿说话。但是，当听我说到带回来一本《子弟书抄》时，立刻强打起精神，靠着枕头坐了起来，戴上了老花镜，一页一页地翻看着，脸上时时现出欣悦的神色。当翻阅到《书目集锦》这个小段时，还轻声地念了起来：

有一个《风流词客》离开了《高老庄》，
一心要到《游武庙》里去《降香》。
转过了《长坂坡》来至《蜈蚣岭》，
《翠屏山》一过就到了《望乡》。
前面是《淤泥河》的《桃花岸》，
老渔翁在《宁武关》前独钓《寒江》。
那《拿螃蟹》的人儿《渔家乐》，
《武陵源》里面《蓼花香》。
《新凤仪亭》紧对着《旧院池馆》，
《花木兰》《两宴大观园》。
《红梅阁》《巧使连环计》，
《颜如玉》《品茶栊翠庵》。
《柳敬亭》说，人生痴梦耳，
《长随叹》说，那是《蝴蝶梦》《黄粱》。
……

“很有意思，很有意思。”父亲连声地称赞着。但是，他身体已经过于虚弱，实在是支撑不住了，慢慢地把书本放了下来。

三

听母亲讲，父亲年轻时，热心、好胜，爱打抱不平、管闲事；看重名誉，讲究“面子”；喜欢追根辩理，愿意出头露面，勇于为人排难解纷。村中凡有红白喜事，或者邻里失和、分家析产之事，都要请他出面调停，帮助料理。由于能说会道，人们给他送了个“铁嘴子”的绰号。

后来，年华老大，几个亲人相继弃世，自己也半生潦倒，一变而为心境苍凉，情怀颓靡，颇有看破红尘之感。他到闾山去进香，总愿意同那里的和尚、道士倾谈，平素也喜欢看一些佛禅、庄老的书，还研读过《渊海子平》《柳庄相法》，迷信五行、八卦。由关注外间世务变为注重内省，由热心人事转向寄情书卷，寻求精神上的寄托，但所读诗书多是苍凉、失意之作。记得那时他除了经常吟唱一些悲凉、凄婉的“子弟书”段，还喜欢诵读晚年的陆游、赵翼的诗句：“时平壮士无功老，乡远征人有梦归。”“众中论事归多悔，醉后题诗醒已忘。”“绝顶楼台人散后，满堂袍笏戏阑时。”……在我的姐姐、两个哥哥和祖母相继病逝之后，他自己也写过“晚岁常嗟欢娱少，衰门忍见死丧多”的诗句。

我家祖籍河北省大名府。他每次回老家，路过邯郸，都要到黄粱梦村的吕翁祠去转一转。听他说，康熙年间有个书生名叫陈潢，有才无运，半生潦倒，这天来到吕翁祠，带着满腔牢骚，半开玩笑地写了一首七绝：“四十年来公与侯，虽然是梦也风流。我今落拓邯郸道，要向仙人借枕头。”后来，这首诗被河督靳辅看到了，很欣赏他的才气，便请他出来参赞河务。陈生和卢生有类似的经历，只是命运更惨，最后因事入狱，一病不起。说到这里，父亲读了一首自己唱和陈潢的诗：

不羡王公不羡侯，耕田凿井自风流。

昂头信步邯郸道，耻向仙人借枕头。

吟罢，他又补充一句："还是阮籍说得实在，'布衣可终身，宠禄岂足赖'呀！"

从前，父亲是滴酒不沾的。中年以后，由于心境不佳，就常常借酒浇愁，但是，酒量很小，喝得不多就脸红、头晕。酒菜简单得很，一小碟黄豆，两块咸茄子，或者半块豆腐，就可以下酒了。往往是一边品着烧酒，一边低吟着"子弟书"段，魔怔叔见了，调侃地说："古人有'汉书下酒'的说法，你这是'子弟书'下酒。"父亲听了，呵呵呵地笑了起来。

在我入私塾读书期间，每次请刘璧亭先生和魔怔叔吃饭，父亲都要陪上几杯，有时甚至颓然醉倒。私塾开办的最后一年的中秋节，他们老哥仨又坐在一起了。因为是带有一点饯别的性质，每人都很激动，说了许多，也喝了许多。喝着喝着，便划起拳来，行着酒令，什么"一更月在东，两颗亮星星，三人齐饮酒，四杯五杯空，六颊一齐红……"，每人从一说到十，说错了就要罚一杯酒。后来，又改成"拆合字谜"，一直闹腾到深夜。

这次聚会给人留下了很深的印象，多少年以后，父亲还同我谈起过。他的记性特别好，仍然清楚地记得每人即兴说出的字谜和酒令。当时，按年齿顺序，刘老先生第一个说："轰字三个车，两丁两口合成哥。车、车、车，今宵醉倒老哥哥。"接着，是我父亲说："矗字三个直，日到寺边便成时（指繁体字）。直、直、直，人生快意碰杯时。”最后，魔怔叔张口就来：“品字三个口，水放酉旁就成酒。口、口、口，劝君更尽一杯酒。”

父亲还记得，这天晚上，他唱了段“子弟书”《醉打山门》。说到这里，他就随口轻吟起来：

这一日独坐禅房豪情忽动，
不由得仰天搔首说“闷死洒家”。
俺何不踱出山门凌空一望，
消俺这胸中浩气眼底烟霞。

我的第一个老师

小时候，我有一个近支族叔，本来有名有字，可是人们却总是叫他“魔怔”。其实，他在当地，算得上是最有学识、最为清醒的人，只是说话、处世和普通人不一样，因而不为乡亲们所理解。正所谓“行高于人，众必非之”。

早年，他在外面做事，由于性情骨鲠、直率，不肯屈从上司的旨意，又喜欢较真儿，凡事都要争出一个理来，因而无端遭受了许多白眼。千般的苦闷全都窝在心里，没有抒发的渠道，致使精神受到很大的刺激，多年来一直“僵卧孤村”，在家养病。

他那种凄苦、苍凉的心境，留给我很深的印象，却又找不出恰当的话语来表述。后来，读了鲁迅的作品，看到先生说的，总如野兽一样，受了伤，并不嚎叫，挣扎着回到林子里去，倒下来，自己慢慢地去舔那伤口，求得痊愈和平复——心中似有所感，觉得大体上很相似。当然，这里只是就事论事，没有涉及更为广泛的内容。魔怔叔作为一介凡夫，是不能同思想家与战士相提并论的。

魔怔叔的面相，一如他的心境，一副又瘦又黄的脸庞，终日阴沉沉的，很难浮现出一丝笑容，眼睛里时时闪烁着迷茫、冷漠的光。年龄刚过四十，头发就已经花白，腰也有些弓了。动作中带着一种特有的矜持、优雅的懒散和恓惶的凝重，有时，却又显得过度的敏感。几片树叶飘然地坠落下来，归雁一声凄厉的长鸣，都会令他触景生情，四顾怆然。刚说了一句“悲哉，此秋声也”，竟然莫名其妙地流下来几滴泪水，呜咽着，再也说不出话来。

他感到空虚、怅惘和无边的寂寞。老屋里挂着一幅已经被烟尘熏得黝黑的字画，长长的字句很少有人念得出来。在我认得许多字之后，他耐心地一个字一个字地说给我听，原来是唐代诗人杜甫的七律。记得最后两句是：“鱼龙寂寞秋江冷，故国平居有所思。”

他满腹经纶，却得不到人们的赏识，心里自然感到苦闷。我父亲读的书虽然没有他多，思想感情上倒是和他有相通之处，所以，两个人还能谈得来。只是，父亲每天都要从事笨重的体力劳动，为衣食奔走，闲暇时间太少。魔怔叔便把我这个毛孩子引为“忘年交”，这叫作“蜀中无大将，廖化作先锋”。但是，对我来说，却有幸结识一位真正的师长。

魔怔叔像一个不食人间烟火的方外之人，整天生活在精神世界里，对于物质生活从不讲究。他把各种资财、物品都看得很轻，不加料理，甚至连心爱的书籍也随处放置，被人借走了也想不到索还。他常常对我说，人情之常是看重眼前的细微小事，而对于大局、要务则往往态度模棱两可。这是人生的普遍失误。接着，就给我诵读一段韵语：“子弟遇我，亦云奇缘。人间细事，略不谈谑。还问老夫，亦复无言。伥伥任运，已四十年。”开始，我以为这是他自己的述志诗，后来读书渐多，才知道是录自明末遗民傅青主的一篇小赋。

魔怔叔不愿与人交往，他认为，与其同那些格格不入的人打交道，莫不如孑然独处。有时一个人木然地坐在院子里，像一个坐禅的僧侣，甚至像一尊木雕泥塑。目光冷冷的，手里擎着一个大烟袋，吧嗒吧嗒一个劲儿地抽。任谁走近身旁，他都不会抬眼瞧瞧。一天，本地一个颇有资财的表嫂去他家串门，见他那副孤高、傲慢的架子，便拍手打掌地说："哎哟哟，我的老弟呀，就算是'贵人语话迟'吧，也不能摆出那副酸样儿！难道是哪一个借你黄金还你废铁了？"魔怔叔睃了她一眼，现出一脸不屑的神情，冷笑着说："样儿不好，自家瞧。也没抬上八抬大轿请你来看。"

他平素不怎么喝酒，只有一次，到一个多年不见的朋友家，喝得酩酊大醉。摔了人家的茶壶，骂了半晌糊涂街，最后踉踉跄跄地走出来，居然在丧失清醒意识的情况下，不费力气地找回了自己的家门。我问他是怎么找回来的，他说，不知道。这恐怕是因为以前无数次的回家记忆，已经内化在他的思维里，形成了一种无意识的自在机制。

童年的我，求知欲特别强，接受新鲜事物也快，正像法国大作家都德说的，简直是一架灵敏的感觉机器，就像身上到处开着洞，以利于外面的东西随时进来。我整天跟在魔怔叔身后，像个小尾巴似的，听他讲《山海经》《鬼狐传》。有时说着说着，他就戛然而止，同时用手把我的嘴捂上，示意凝神细听草丛间的唧唧虫鸣，这时，脸上便现出几分陶然自得的神色。

有时，我们去郊外闲步。旧历三月一过，向阳坡上就可以看到，各色的野花从杂草丛中悄悄地露出小脑袋。他最喜欢那种个头很小的野生紫罗兰，尖圆的叶片衬着淡紫色的花冠，花瓣下面隐现着几条深紫色的纹丝，看去给人一种萧疏、清雅的感觉。

春天种地时，特别是雨后，村南村北的树上，此起彼伏地传出“布谷，布谷”的叫声。魔怔叔便告诉我，这种鸟又拙又懒，自己不愿意筑巢，专门把蛋产在别的鸟窝里。更加令人气恼的是，小布谷鸟孵出来后，身子比较强壮，心眼儿却特别坏，总是有意把原有的雏鸟挤出巢外，摔在地上。

魔怔叔说，燕子生来就是人类的朋友，它并不怎么怕人。随处垒巢，朱门绣户也好，茅茨土屋也好，它都照搭不误，看不出受什么世俗的眼光的影响。燕子的记性也特别好，一年过后，重寻旧垒，绝对没有差错。回来以后，唯一要做的事就是修补旧巢。只见它们整天不停地飞去飞来，含泥衔枝，然后就是产卵育雏，不久，一群小燕就会挤在窝边，齐刷刷地伸出小脑袋等着妈妈喂食了。平日里，它们只是呢喃着，似乎在热烈地闲谈着有趣的事情，可惜我们谁也听不懂。

鸟雀中，我最不喜欢的是猫头鹰，认为它是一种“不祥之鸟”，因为听祖母说过，它是阎王爷的小舅子，一叫唤就会死人。叫声也很难听，有时像病人的呻吟，有时发出“咯咯咯”的怪笑，夜里听起来很吓人。样子也很古怪，白天蹲在树上睡觉，晚间却拍着翅膀，瞪起大而圆的眼睛。

魔怔叔耐心地听我诉说着，哈哈地大笑起来。显然，这一天他特别畅快。他问我：“你知道古时候它的名字叫啥吗？”我摇了摇头。他在地上用树枝书写一个“枭”字，他说，从前称它为“不孝之鸟”，据说，母鸟老了之后，它就一口口地啄食掉，剩下一个脑袋挂在树枝上。所以，至今还把杀了头挂起来称为“枭首示众”。

我还向魔怔叔问过：有些鸟类，立夏一过，满天都是，很多很多，可是，两三天过后，却再也不露头了，这是怎么回事？他侧着脑袋想了一想，告诉我：这些可能是过路的候鸟。它们路过这里飞往东北的大森林和内蒙古草原去度夏，在这里不想久留，只是补充一点粮食和水，还要继续它们的万里征程。说着，魔怔叔便领我到大水塘边上，去看鸬鹚捕鱼。只见它们一个个躬身缩颈，在浅水滩上缓慢地踱着步，走起路来一俯一仰的，颇像我这位魔怔叔，只是身后没有别着大烟袋。有时，它们却又歪着脑袋凝然不动，像是思考着问题，实际是等候着鱼儿游到脚下，再猛然间一口啄去。意兴盎然的鸟趣生机，给我带来无穷的乐趣。

我进了私塾以后，仍然和魔怔叔保持着亲密的关系。他和我的塾师刘璧亭先生是挚友，每逢刘先生外出办事，总要请他代理课业，协助管束我们。魔怔叔是一位地地道道的“博物学家”，讲授的都是些活的学问，所以，我们特别感兴趣。

在这天午后的课堂上，他随手拿起一本《千家诗》，翻到“双双瓦雀行书案，点点杨花入砚池”这几行，又用手指着窗外枝头的家雀，说：因为家雀常常栖止于檐瓦之上，所以，这里称作“瓦雀”。

接着，他又告诉我们，李清照的《武陵春》词中有这样两句：“只恐双溪蚱蜢舟，载不动许多愁。”“蚱蜢”是一种形体很小的昆虫，用它来形容，说明这种船是不大的。蚱蜢的名字，听起来生疏，其实，你们都见过。说着，他就到后园里捉回一只翅膀和腹部都很长的飞虫，用手指捏住它的双腿，它便不停地跳动着。我们认出来了，这是大蚂蚱，俗称“扁担勾”的，当即高兴地齐声念起儿歌：“扁担扁担勾，你担水，我熬粥。熬粥熬得少，送给刘姥姥。姥姥她不要，我就自己造（辽西方言，吃的意思）。”

我从一部诗话中看到“一样枕边闻络纬，今宵江北昨江南”这样两句诗，便问魔怔叔：“络纬是不是蟋蟀？”他说，络纬俗名莎鸡，又称纺织娘，蟋蟀学名促织，二者相似，却不是一样东西。说着，便引领我们走向草丛，耐心地教授如何根据鸣声来分辨这两种鸣虫。因为不能出声，他便举手为号，是促织叫，他举左手；络纬叫了，便举右手，直到我们能一一辨识为止。

夏天的一个傍晚，气闷得很，院里成群成阵地飞着一些状似蜻蜓，形体却小得多的虫子。魔怔叔告诉我们，这就是《诗经·曹风·蜉蝣》“蜉蝣之羽，衣裳楚楚”，“蜉蝣之翼，采采衣服”中的蜉蝣。这种飞虫的生命极短，只有几个小时；可是，为了传宗接代，把物种延续下去，却要经历两次蜕壳和练飞、恋爱、交尾、产卵的整个历程。当这一切程序都完成之后，它们已经是疲惫不堪了，便静静地停下来，等着死掉。

《诗经》里的“岂其食鱼，必河之鲂”，鲂就是河里的鳊花，扁身缩颈，鳞细味美。这也是从魔怔叔那里听来的。

但是，后来读书渐多，发现他所讲的有的也并不准确。比如，他说《诗经》中的“螟蛉有子，蜾蠃负之”，蜾蠃就是土蜂，这大概是不错的。可是，他依据旧说“蜂虫无子，负桑虫（即螟蛉）而为子”，把蜾蠃捕捉螟蛉等害虫为其幼虫的食物说成是收养幼虫，这就是谬误了。

不管怎样，长大以后，我之所以能够“多识于虫鱼草木之名”，和童年那段经历是有着直接关系的。我要特别感谢那位魔怔叔的指教，他是我的第一位老师。

营川双璧

一

近日，连续梦见陈怀和吕公眉先生。这两位老诗人，十年间先后都已作古了。

我同文友们谈起做梦一事，说，有的书上讲，少年情事入梦，说明心态还很年轻，那么，反过来讲，常常梦见老人，是否就意味着心境已经衰颓了呢？他们说，那倒未必，你做这类的梦，也许和你近日想的做的事情有关。我觉得，这话有一定根据。前些天，《诗刊》一位编辑来信约稿，说："我们刊物上还没发表过你的诗章，如果没有新作，前些年写的也可以。"于是，我就从20世纪80年代以来写的一些旧体诗词中拣选出十几首寄了过去。自然，也就忆及写作当时的情景，忆及十多年前供职营口的时光。

营口是我的第二故乡，在这里我度过了大部分的青壮年时代。兴于斯，困于斯，歌吟游钓于斯，这里有许多知心文友，分手之后，时时忆念着他们。一千七百多年前，曹丕给友人吴质写过一封真情灼灼的信，开头就说：

> 岁月易得，别来行复四年。三年不见，《东山》犹

叹其远，况乃过之？思何可支？虽书疏往返，未足解其劳结。

我觉得，这番话也正是我现在想要说的。只不过“别来行复四年”，远远地不止了。

营口地处辽南腹部，正当辽河的入海口，经济、文化发达，人文荟萃，我很喜欢它的环境。中间出去过几年，1983 年春又重回旧地，有机会同这里的许多诗人、学者常相过从，谈诗论道，同时参与筹建了“金牛山诗社”。诗社开展了多项有意义的活动，其成员写下了为数可观的华章，成为当时全省最有成就、最有影响的诗社之一。我有幸躬逢其盛。忆及当日游处，与曹子桓所写的“行则连舆，止则接席，何曾须臾相失”，“酒酣耳热，仰而赋诗。当此之时，忽然不自知乐也”略相仿佛。后来，虽然因为工作调动离开了那里，但是，联系始终未断，当日那种诗酒谈欢的繁兴景象，至今还历历在目，时萦梦寐。

我以为，大凡一个地区要在艺术或学术方面形成一种气候，一种氛围，一般需要具备下述一些条件：文化土层丰厚，人文积淀较深，而且有几位声名卓著的作家、艺术家或名流、学者；周围聚集着一大批钟情文化的积极分子；同时，又有一两位有影响、有实力的内行的当政者予以热心倡导，鼎力支持。当时的营口地区，大体上具备了这些方面的优势。

这里，除了有一支学养深厚且又热心诗艺的老中青三代的文学队伍，还有两位文名夙著、颇孚众望的诗人、学者，一位是陈怀先生，他还是著名的书法家，另一位是豹隐城隅的吕公眉先生。两人年岁仿佛，都是在学校任教，50 年代都曾被错划为“右派分子”，而性格、情趣却各具特色，被当地报刊誉为“营川双璧”。

二

记得是1984年3月上旬，一个天宇晴朗、东风劲吹的星期日，市里在体育场举行城乡风筝大赛。场上，几百只各式各样的风筝漫天里飘浮着，吸引了成千上万观众的视线。一些热心捧场的中小学生索性跟在放风筝人的后面，欢呼着，鼓噪着，雀跃着。我忽然发现，已经年届古稀的陈怀先生也杂在人群中间，随着风筝的上下飘浮，在场上往复走动，时而笑逐颜开，时而指指点点。我怕他过于劳累，便吩咐工作人员请他到看台上来就座，喝杯茶水，休息休息。

先生个头不高，精神矍铄，黑红的脸膛，头发略显花白，两眼闪着熠熠的光。一身合体的西装更使他现出干练、潇洒的姿采，只是头上那顶绒线编织的便帽，稍稍给人一种不甚谐调的感觉。他向在座的各位颔首致意之后，便找个位置坐下，然后，很有礼貌地把帽子脱下来，放在手里。

我把一杯茶水送到他的手里，笑着说：“不有佳作，何伸雅怀？”他随口接上：“如诗不成，罚依金谷酒数。”周围的两位文友听我们俩在那里背李白的《春夜宴从弟桃花园序》，哄然笑了起来。

这天，应营口日报社记者的邀约，我以风筝比赛为题，写了两首七律。其一云：

的是今春乐事浓，花灯赏罢又牵龙。

千般妙品争雄处，万丈晴空指顾中。

兴逐云帆穷碧落，心随彩翼驾长风。

只缘寄得腾飞志，翘首欢呼众意同。

先生看了，稍稍思索一番，立即把笔作和：

遥天引上众情浓，谁辨真龙与叶龙？

彩蝶似疑离梦境，霓裳宛欲下云中。

红楼妙手传新谱，白雪新词送好风。

忽忆金猴留幻影，异邦赤子此心同。

这一天，他显得特别兴奋，手之舞之，足之蹈之，自己也说，真的已经“返老还童”了。

先生喜欢外出游览，友朋遍于各地，尤其笃于夫妇、手足之情，家中子息、姻亲团聚，其乐也融融。诗集中每多亲友寄赠、唱和之作。他有一个四弟，羁身台北，80年代中期忽然接到隔海飞鸿，内附七绝一首：

卅年台海泪痕干，锦绣中华纸上看。

何日干戈成玉帛，放怀一览旧河山。

先生喜极而泣，中夜起而赋答。成《水调歌头·遥寄台北四弟》一首：

天上一轮满，两岸万家看。四年音讯断续，汇作鹡鸰篇。昨岁东瀛暂聚，相与携妻挈子，大被又同眠。上野送君去，老泪涌如泉。　　卅年梦，今宵月，兆团圆。寄我缠绵诗句，无限旧情牵：叮嘱冶山扫墓，祝愿干戈玉帛，放眼看河山。故里春常在，只待鹤飞还。

一天，我在办公室临时召集一个小会。门开处，陈怀先生一阵风似的走了进来，满脸带着怒气，手也有些抖颤了，任是怎么让他坐也不坐，水也不喝，开口就是："岂有此理！"原来，先生鉴于现在大多数年轻人字写得太差，主持开办了一所青少年业余书法艺术研习班，不收取任何费用，完全是尽义务，主要是占用星期假日，讲授书法知识，夙兴夜寐，风雪不辞，非常热心、投入。可是，有的家长却在一旁说风凉话："老陈头吃饱了撑的，'没有茄子找个灯泡提溜着'（当地俗语，意为没事找事，多此一举）。字写得再好，又有啥用！也填不了肚子。"先生听到后，感到很伤心。

我听到后，也有些气恼，但不能火上加油，只好劝解说，他们可能是担心孩子贻误学校的课业，未必是针对书法本身的。我说，如果您真的就此解散了研习班，相信绝大多数家长都会哭着叫着挽留您的。这时，老先生才在椅子上落座，并且端起茶杯来，猛劲地喝了一大口。我随手翻出新近买的一本《王右军书法精华》，请他过目。他一边翻看，一边随口吟出前人的名句："《黄庭》一卷几多字，换尽山阴道士鹅。"

我说，是呀，既然王羲之的字能够换鹅，又怎么能说填不了肚子呢！先生扑哧一笑，一腔怒气已经释放得差不多了，便闪过身子，甩手走开，嘴里还喃喃地叨咕着："我还有事，不能久留。对不起，对不起！"

1988 年春，我奉调到省上工作，还同先生保持着通信联系，有时彼此寄上几首诗，借抒怀抱。记得先生寄的诗中有这样一首：

辽滨凉露浥蒹葭，遥忆伊人沈水涯。

蔽芾甘棠碑在口，人才谠论笔生花。

云泥分隔时萦梦，文教遐敷远济槎。

何日重聆吟好句，壮游诗赋动京华。

诗中记叙了我们之间的深挚情谊和先生的垂注之殷。

后来，听说先生患了膀胱癌，在医院做了切除手术。趁新年回市探亲机会，前往问疾。床头执手，畅叙移时，临别依依，不料竟成永诀。后来听人告诉我，先生临终前，曾写过一个条幅，是李商隐的两句诗："春蚕到死丝方尽，蜡炬成灰泪始干。"这用来概括他的一生，真是再确切不过了。

当时，我正在外地出差，没能赶赴灵前向先生的遗体告别，怀着深深的遗憾，写下了两首七绝，遥寄哀思。其一曰：

梦断音容尚宛然，床前揖别隔人天。

诗翁去后情怀淡，独对青灯作素笺。

其二是一首集句，都是清代诗人的：

千年过客太匆匆（张问陶），

聚散浑如一醉中（黄仲则）。

最是春来无限憾（刘友宪），

云霄何处托冥鸿（丘逢甲）！

三

公眉先生同样是我最敬重的一位长者。他出生于 1911 年，长陈怀先生四岁。

先生门衰祚薄，早年丧偶，未曾留下子息，孤身一人住在一间小平房里，高高的身材往屋里一站，几乎要碰上了檩条。面部表情平静，嗓门清亮亮的，赋性淡泊，喜欢独处，很少外出交游，更不愿意出席与诗文不相干的集会，从不参加各种娱乐活动。在他的身旁，却聚集了一大批学者、诗人。他曾自豪地吟哦：“老去幸余堪乐事，一时贤士尽从游。”

我们翻检古今中外的文学发展史，常常会发现这样一个现象：某个地方，某一时期，只要那里有一两位文名卓著的诗人、作家，在他们高张大纛之下，往往会带动起周围一大批文学人才，一时云蒸霞映，蔚为壮观，直至形成一个群落，一种流派。公眉先生所在的盖州以至整个营口诗坛，就呈现出类似的情况。

先生对我是格外垂青的，包括品评我的诗文集，前后赠诗达二十余首。诗中情真意切，感人肺腑。1987 年元宵节，我曾去盖州先生寓所拜望。五月初，先生到营口专程枉顾，值我公出未遇，留下了四首七绝，以诗代柬，脉脉情深，令人永生难忘。其一、四两首云：

风雪元宵一别离，清明又见柳依依。
小桃欲落春犹浅，着意余寒莫减衣。

何曾咫尺是天涯，争奈缘悭莫自嗟。
别后流光君记否？上元灯火到槐花。

两年后的深秋，金牛山诗社有重九登高之会，其时我已调往省上年余，先生又咏诗寄怀：

登高寒色扑衣襟，满目蒹葭感客心。
我欲辽天北向望，雁声嘹呖海云深。

先生平生主要从事教育工作，行有余力，敏为诗文。素以散文见长，早在三四十年代就已远播文名，诗文登载在许多报刊上。

50 年代初写的《念珠桃》《山城拾旧》等篇，刊出之后，人们争相传诵。先生工旧体诗，尤擅七绝，以神韵见长，清新隽永，空灵俊逸，感情真挚丰富。著名老诗人张秀材先生有言："吕公眉诗极冲淡雅致。绝句本难工，而先生则好为绝句，颇得唐人神韵，所谓'诗人之诗'是也。"这是很到位的评价。

正如随园老人所言："文以情生，未有无情而有文者。"公眉之诗，情文兼茂。他早年写过一首《南归，车过白旗小站》的诗：

客路风花过眼频，几曾回首触前尘。
乡音渐熟家山近，小驿孤灯亦可人。

旧日乡关，尽管萧条零落，但眷恋之情依然溢于纸上。"十里塔西山下路，杏花如雪雨如烟。""桃花冰拥银鱼上，二月春寒忆得无？"这些《致沈延毅老人（注：全国著名书法家、诗人，与吕先生同乡而略长）》中的诗句，都满怀着深情，看了令人心驰神往。

不仅感旧怀人之作，即使是书评之类的论说诗，他也同样写得形象鲜明，情景交融。他在读拙著《柳荫絮语》散文集时，曾感赋五首七绝，其中两首是：

山光水色冷诗筒，蜡屐深探造化工。
最是文行寒艳处，碧潭轻点落花红。

拂地长条态自酣，风流笔底更毵毵。
春风春雨无端梦，直使营川作汉南。

去年初夏，承文友告知，通过辑佚、钩沉，公眉先生的诗文集编辑工作已经完成，正好赶上他的八十八岁“米寿”，希望我能写篇序言。谬承青盼，却之不恭，我便把含有上述内容的文字寄过去，末尾题了两首七绝。其一云：

被褐怀珠历雪霜，天留一老作灵光。

骚坛饶有三千士，诗酒风流尽瓣香。

其二，集了清人舒铁云的诗句：

往日春风结客场，生平知己此难忘。

未妨余事耽佳句，也列门人弟子行。

不料，三天后即接到吕老病逝的噩耗。呜呼，天忌才人，文章憎命，竟至“灵光”一老也不予存留，痛可言耶！回思当日聚首之时，虽然没有像曹子桓那样乐观，期望诗社同人能与几位骚坛耆宿“百年已分，可长共相保”，但也绝对没有料到，“数年之间，零落略尽”，“观其姓名，已为鬼录”。确是“言之伤心，言之伤心”！

堪资自慰的是我幸能亲往致祭。这是盛夏最热的一天，灵前罗拜着先生的十几位男女弟子，一个个都已年届花甲，却都身着临时用白布缝制的孝服，长裾曳地，汗水夹着泪水，涔涔流在脸上，看了令人感动不已。他们说，先生生前孑然一身，死后我们都来陪陪他，不愿让他有孤寂之感。

尤其值得大书一笔的还是郭绍光先生。他是与吕老同在一校任教的历史教师。出于对吕先生的敬爱，从70年代开始，他和妻子就主动承担起侍奉吕老的全部家务劳动，孩子们也都像对待亲爷爷一样，端茶送水，殷勤扶持。老少三辈，雍雍乐乐，完全同一家人一样。每次见面，吕老都说，他之所以能够安度晚年，尽享天伦之乐，这都是绍光一家辛勤赐予的。

这天一见面，绍光就将珍藏着的吕老的“遗言”拿给我看。这是一张普通的稿纸，上面用钢笔写着几行字：

一、死后留存骨灰，树墓于沈延毅老人之侧；

二、墓碑上刻字：“诗人吕公眉之墓”，请王充闾先生题写。

我说，先生有言，敢不从命！一切照办就是了。

四

吕、陈二老，一冷对世情，一热衷时务，性格不同；作为诗人，他们的诗风也有明显的差异。但他们之间友情甚笃，相知相重，诗酒唱酬，成为营口骚坛的佳话。

公眉老人赠陈怀先生的诗中，有这样一首七绝：

墨迹丹青造诣深，辰州风物说如今。

文思不是闲辞赋，忧乐常关天下心。

陈怀先生以诗奉答：

故人相见未嫌迟，甘苦频看鬓上丝。

犹忆辽滨佳句在，清新开府畅吟时。

诗中有人，呼之欲出。——他们各自为对方画了一幅惟妙惟肖的肖像，不愧是一对知心的诗友。

薏苡的悲喜剧

辞典上说，薏苡俗称药玉米、回回米，是一种草本植物，颖果卵形，淡褐色，有营养，可供食用与入药。但我从前未曾见过，最先接触这两个字，是读了杜甫的诗句。他在感叹李白的际遇颠折、屡遭谤毁时，曾哀吟道："稻粱求未足，薏苡谤何频。"

这又涉及一千九百多年前的一桩有名的冤案。东汉时，伏波将军马援南征交趾，中了瘴疠。听当地的人说，服用薏苡仁可以疗治。马援吃了，果真见效。班师北还时，就买了很多个大粒饱的薏实装车载回，这引起了一些人的注意。但他在位时，都不作声，等他死了，就有人向皇帝告发，说他载了明珠、文犀等稀世珍宝回来，结果，害得他爵位被革，名誉受损，连灵柩都不能很好地安葬。后人把这称作"薏苡之谤"。许多诗人，像唐代的陈子昂，宋代的苏轼、陆游，清代的郑板桥、朱彝尊等都曾写诗为之愤愤不平。

这都是过往的事情了，只是作为一种谈资，顺便提起来，至于本文所说的"悲喜剧"，则与此毫无关联。

一

记得是1994年的春节前，我收到了一个寄自家乡某村的邮件。是用硬纸盒包装的，大约有三四斤重。解开塑料绳，撕破密封的纸口，赫然露出分装在六个纸袋里的薏苡粒。纸袋旁边还夹着一封信，开头是这样写的：

时间过得真快，转眼间，你离开我们村子已经三十六个年头了。当年的一个个毛丫头、愣小子，于今都已坐五望六了。人的年岁一大，就免不了要怀旧。我们六个人碰到一块儿，常常念叨起你。（另外几个，有的过世了，有的远嫁他乡，有的搬迁到外地。）

尽管分手以后，咱们再没见过面，但是，大家对于你的情况还是有所了解。对你的成长、进步，我们共同感到高兴，首先，在这里表示祝贺！

春节快到了，我们商量着给你送点“礼”——就是纸袋里的东西。城里人，一般的怕是叫不出它的名字来；可是，你，我们相信，不仅对它十分熟悉，而且，会感到异常亲切，看到它，你会联想起许许多多的往事。

这些年，我们村的药玉米已经大面积铺开，并连续获得丰收。除了大部分按照合同交付医药公司外，家家都贮藏不少，熬粥炖饭，健体强身。念记着当年你为引进这个“劳什子”费过一番苦心，念记着咱们的友谊，秋收后，我们这几个当年的共青团员，一致提议给你寄去一点点，表达我们各家的心意。

……

我怀着激动的心情，忙着翻看信尾的落款。“赵书琴、佟心宇……”恰好是六个名字，都是我所熟悉的。

简短的一番话，把我带回到往昔的岁月里。

二

那是 1958 年年初，县委决定，对一些没有经过实践考验的年轻的“三门干部”（出了家门进校门又入机关门的知识分子），下放到农村锻炼，通过参加体力劳动，“脱胎换骨，改造思想”。我就是这样来到辽河岸边这个小村落的。

我和另外一位同志被安排住在生产队长家的一间空房里，吃饭是到老贫农刘大伯家入伙，干活参加青年突击队，当时主要是往耕地里挑黑土，改良土壤。晚间，在夜校里教男女青年识字。村里原有十名团员，加上我，组成一个团支部，选我为团支部书记。

这天，农业社的管委会主任到队里来，听说我教过中学，当过报社记者，来到队里很快就和群众打成了一片，当众鼓励了一番。然后，又领着我在村里村外转转，帮助我熟悉一下周围的环境。我知道，这是在向我进行热爱乡土、献身农村的实际教育。

望着大堤外黑黝黝、油汪汪的河滩地，我被深深地迷住了，当下情不自禁地甩了两句学生腔：“多么肥沃的宝地啊！真是插进一根锄杠也能长出庄稼来的！”

管委会主任却说：“地是没比的，只是年年受涝，除了一茬儿麦子，再没有其他收成了。”

“下茬儿种豆子不行吗？”我问。

“这里，年年夏天涨大水，二三十天下不去，什么样的豆子也挺不住啊！”他面带忧郁地说。

此后，我和队里那些年轻人依旧是天天到堤外挑黑土，心里却总是记挂着管委会主任所忧虑的事。

一天晚上，在队部看到《人民日报》第二版上登载一则消息，介绍河南省商水县农村种植一种既富有营养又能治多种疾病的药玉米。它的最大特点是抗涝，在水中浸泡三四十天，仍有较好收成。回到住处，我连夜给商水县县长写了一封信，并寄去五元钱，请他帮助购置一些药玉米种子。这事是悄悄干的，没有告诉年轻的伙伴。因为我知道“一县之长”工作很忙，未必能去过问一个外地青年的微不足道的请托。

大约过了半个多月，接到一个邮件通知单，我以为是家里寄来什么物品，便委托去镇上赶集的刘大伯代我取出来。带回来的是两个枕头般大小的包裹，打开一看，正是我日夜盼望的药玉米种子。捧在手里，粒粒珍珠一般，椭圆形，淡褐色，有光泽，共有十斤左右。包裹里还夹了个便笺，简单地介绍了播种日期和它喜肥、喜水的习性。

我在连夜召开的团支部紧急会议上，当众宣布了这一“秘密”。然后，大家一起研究、拟定了为期两年要使全社滩田受益的“宏伟规划”。一张张极度兴奋的青春面孔，在煤油灯的照映下，看去像涂上了一层油彩。

三

清早起来第一件事，便是去找管委会主任，请他批准划拨一块肥腴的腹地作为栽培药玉米的青年试验田。老主任听了我和回乡高中生赵书琴描述的神话般的远景，乐得合不拢嘴，马上就答应下来。

第二件事，便是挨家挨户到团员、积极分子家里收集上好的农家肥。大家都记着商水县县长复信中讲的“喜肥”二字，决心把这个“大地的骄子”喂养得壮壮的。

经过一天一夜的紧张动员，试验田的旁边矗立起一座小山似的肥堆。

转眼到了播种时期。我们起早睡晚经营着这块腹地，地整得炕面一样平，土细碎得像用竹箩筛过一般。然后，套上一副牛犁杖，开了沟，起了垄，把上万斤的鸡、鸭、猪粪一股脑儿倾撒进去。

我们觉察到了，帮助干活的两个老庄稼把式——我的“饭庄”的刘大伯和书琴的父亲赵大叔有不同看法，但他们憋着不说，只是一个劲儿抽着老旱烟。也许是为这些孩子的冲天热劲所感动，尽管有不同意见，也不忍心泼冷水。但是，回到家里以后，赵大叔按捺不住了，申斥女儿说：“我看你们是瞎胡闹！什么事情都要有个限度。巴掌大一块地方，下了那么多的肥，将来还不得长疯了！”女儿这个坚定的“跃进派”嘴上不说，心里想的却是：老脑筋，老保守，到秋天放个“高产卫星”给你看！

下种的第三天正赶上一场透雨，真是天遂人愿。此后，几乎每天早上，我们都要跑到地头，伏下身子，察看萌芽的踪迹。药玉米终于齐刷刷地钻出了地面，它们摇摆着两片娇嫩的小耳朵，向主人微笑着。一个星期过后，我们又浇了一遍蒙头水。同伴们互相揶揄着，说是以后结了婚、生了孩子，也未必能像这样嘘寒问暖，关怀备至。

几十个难忘的日日夜夜过去了，药玉米已经蔚然成林，手指般粗细的茎秆上，枝分叶布，绿影婆娑，最后，竟繁密得连鸡鸭都钻不进去。为了按时灌水，佟心宇从家里扛来一根竹桅，一破两半，刳去节档，将一头顺进垄沟里，另一头支起来，连清水带粪汤一齐倾倒进去。

趁着雨季尚未到来，我们又一次踏勘河滩地，计算着明年大体需要多少药玉米种子。当时，想到了尽量节省用量，以便拨出一些来支援兄弟社。此刻，这伙年轻人确是有些“提刀却立，四顾踌躇”的志得意满之态。

但没过多久，这种乐观的情绪便为沉重的焦虑所取代了。大家注意到，那么葱茏蓊郁的药玉米秸棵上，竟没有几串花序，更很少见到颖果。随着时间的推移，连那几个最活泼、最乐观的女青年也把头耷拉下来。有的分析认为，是异地种植水土不服所致，还引证了“橘逾淮而北为枳”的古训。多数人不同意，理由是：河南的小麦、湖北的棉花到这里落户，不都生长得很好吗？最后，我跑了三十里路，请来乡农业技术推广站的技术员，他的诊断是：“营养过剩，造成贪青徒长。”啊，真的“长疯了”！赵大叔的预言竟不幸成为现实。结局自然是“一幕悲剧”——割倒后装满两大车，拉到村东头五保户家做了烧柴。

四

回想起来，当时我们都在二十岁上下，本来就缺乏辩证观点，易走极端，又兼当时处在“大跃进”“放卫星”的气氛中，头脑更是发热膨胀。所以，尽管过后也曾懊悔几天，有的甚至痛心地流下了热泪，但是，很快就在“人有多大胆，地有多高产”的喧嚣声浪中淡忘了。亏得秋后我被调回县委机关，不然，在尔后的普遍深翻、高产密植及“大办”“大上”中，还会闹出更多的违反科学规律的笑话。

回来后，参加过几次比较尊重实际的农村调查，头脑变得清醒一些。我曾想以“薏苡的悲喜剧”为题写一篇文章，总结自己因违反辩证法而干了蠢事的沉痛教训，后因患急性肝炎进了医院而搁置下来。病愈后，反右倾开始了，我怕有人把这类自省文字同否定“大跃进”联系起来，便没有动笔。当然，即使写出来，肯定也是很肤浅的。限于当时的历史条件和认识能力，我还不可能站在历史的高度，俯瞰过去那段岁月的真貌。

当时由于走得匆忙，我未曾与同伴们交谈过这方面的意见。因此，一种歉疚之情时常在头脑中涌起：我应该坦诚地承认，在这件事上我是负有重要责任的。

想到这些，我重新展开同伴的来信，接着看下去：

> 如你所知，对咱们的蛮干，一些老年人是持反对态度的。书琴的父亲担心这一锤子会敲得“片种无存，全军覆没”，便在播种那天偷偷留下一些种子，打算第二年种在园子里。不料，转过年来他老人家竟一病不起。后来，书琴整理旧物发现了它，细心地种在地头上，没想到秋天居然收了三四斤。于是，她又分散给同伴们作种子，慢慢地便在全村扩展开了。现在，整个河滩都成了薏苡生产基地。
>
> ……
>
> 岁月如流。而今，孩子们都已超过了咱们那时的年龄。闲谈中，我们也曾将那些忽明忽暗的记忆碎片连缀

起来，讲给他们听，因为这毕竟是一面镜子，既回振着自己的心声，也折射着往日的光谱。但他们听后，往往只是漫不经心地付之一笑。其实也难怪，时代前进了，认识发展了，他们毕竟比我们那时要聪明一些。

知道你重任在肩，异常忙碌，对这类陈谷子烂芝麻，怕是早已忘得一干二净了。但我们觉得，闲暇时节，偶尔想上一想这些往事，也许还有一些益处，特别是对于你们这样担负领导工作的同志。

也难怪伏波将军身旁那些人，怀疑他从南方带回了珍珠财宝，我望着眼前这些光润、圆莹的薏苡粒，竟也觉得它们很像珍珠。古代传说中有一种记事珠，“或有阙忘之事，则以手持弄此珠，便觉心神开悟，事无巨细，焕然明晓，一无所忘”。我想，若是把这些薏苡粒串缀起来，悬置座前，不也同样是一种“记事珠”吗？

西厢里的房客

小时候，我家院子里有座西厢房，靠南面那间一年四季总是空闲着。那年春节过后，我从外祖父家串亲回来，一进院，瞥见一个陌生的男人，挑着满满的两桶水，走进了这间空房子。妈妈告诉我，这是靳叔叔，刚从很远很远的山东老家搬迁过来。

靳叔叔大约四十来岁，个头不高，黑黑脸膛上长着半圈黄胡子，说起话来眼睛眨个不停，看上去觉得有些滑稽。有什么事要告诉他，必须大声叫喊，原来他是个聋子。

出于好奇心的驱使，我总想接近他，和他唠上几句嗑儿，多么聋我也不怕，我能够喊叫，我的嗓门尖、喉咙响。怎奈他是一个大忙人，一天到晚没有闲的时候，撂下耙子就是扫帚，院里院外收拾得干干净净。他平素没有多少话语，闷怵怵的，人缘却很好。左邻右舍的婶子大娘们，看他“光杆子”一个，日子过得怪清苦的，便试探着给他提媒，要把邻村一个智力有些缺陷的女人介绍给他。

“我是一个伤残人，”他说，“家里又穷得叮当响，耗子溜进门来都要掉下几滴眼泪。只要人家不嫌弃，我没有任何挑剔。”这样，没过上半个月，这门婚事就做成了。于是，西厢房里便又添了一个长头发的女人。

新娘比新郎年轻，手大、脚大、脸盘大，个头也比他高，外表上看，眉眼倒也顺顺当当；整天笑嘻嘻的，好像心里没有半点愁事，我们便称她为“笑婶”。

与“笑婶”整天嘻嘻哈哈形成鲜明的对比，靳叔叔却总是显得心事重重，终日里愁肠百结，紧皱着眉头。俗话说，人不可貌相，海水不可斗量。逐渐地村里人发现，这是一个很有本事的汉子。村里有不少打鱼摸虾的，却没听说过谁能捉鳖，靳叔叔倒是一个捉鳖的能手。一到闷寂了，他就拎着一支棍子，带上一个网兜，光着脚板，在沙岗子下面的池沼边上来回转悠，目不转睛地盯着水面。我好奇地跟着去看，他也并不往回拦我，只是做个手掌捂住嘴巴的姿势，我懂得，那是示意不要说话。

我便悄悄地跟在他的后面，照他那样定睛地看，也没有发现任何变化，他却从小小的水泡上察觉到了老鳖的踪迹，然后，弯身捡起一块拳头大小的石头，轻轻地往水里一投，那个刚要露头的家伙便赶忙缩紧脑袋，沉下水底，并且猛劲地往沙子里卧，再就一动不动了。这些都是事后听靳叔叔说的。

这时，只见他不慌不忙，挽起裤脚，慢慢地走进水里，站在冒水泡的地方，一面用脚丫子往复地踩着，一面拿木棍试探，当察觉到下面有东西了，便弯下腰杆去摸，总是手到擒来，有时，竟能接连抓出两个老鳖，统统放进网兜里。然后，他又回到水边沙滩上来回转悠了。一天过去，总能带回家去十斤八斤，第二天，一起送到集镇上的中药铺去。

到了秋天，靳叔叔凑了一笔钱，从市集上买回来一张张网片，然后连缀起来，分别固定在一些细竹竿上。我猜想，他肯定又要有新的动作了，便定定地跟在他的身后，等着瞧热闹。他说，时间还早，需要再等些天。一天，突然降温了，夜里下了很厚的清霜，早晨有些寒凉。我听见他在窗子外面喊了一句："抓鹰去！"便赶忙穿好衣服，步出屋外，见他扛着缝在竹竿上的几片立网，手里还提着一只冠子血红、"扑楞扑楞"奓翅的公鸡，出门一直向东，直奔村外的一片林莽走去。

我们来到一块林间的隙地，把竹竿立网架设起来，看去宛如四面围墙。在网墙的里边插了一个木橛，把公鸡拴在上面。然后，他就拉我走开，躲在远远的地方悄悄地抽着老旱烟。大约靳叔叔抽过了两锅旱烟吧，就见一只老鹰从半空中盘旋而下，几次试探着要把公鸡叼走，却由于有绳子扯着，没有达到目的，它就左冲右突，飞上飞下，终于触到了立网上，滑子一动，立网齐刷刷地扑倒在地，老鹰被严严实实地罩了起来。

"这是一只黄鹰，你看它的个头多么大！"说着，靳叔叔便从网里把它取出，用绳子紧紧地勒住了双翅，叫我把它拴在远处的树丛里。他看了看大公鸡，说，受了伤，不碍事，咱们趁便再抓一个。于是，便又把立网架了起来。

回到拴鹰的场所，我发现它有两根毛羽跌断了，也许是猛劲勒断的，心痛地说，毛羽一断，明天到集上就不容易出手了。不料，靳叔叔却龇着牙狞笑着："明天？我还能让它活到明天？"话音刚落，他一抬腿，就把黄鹰踢个翻白，再也不动弹了。一时我竟惊呆了，见他没有好气，也没敢问个究竟。沉闷了好一会儿，他才又说了一句："看来老鹰也知道，落在我手里没个好。"这话是一语双关的，因为后一次架网战果不佳，足足守候了两个时辰，也未见老鹰的踪影，我们只好怅然返回。

转眼间，又到了“猫冬”时节。一天傍晚，不知他从哪里弄来了一些炒熟的驴肉，还有一瓶烧酒，硬拉上我父亲到他的屋里小酌，这里面自然带有酬谢房东的意思。母亲看他家没做晚饭，就让我给送过去一大盘菜饺子。靳叔叔便拉我也坐了下来。这天晚上，显然他是喝过量了，平素寡言少语的他，此刻却说起来没完，说着说着，竟落下了眼泪。我们这才了解到有关他的身世，听到了一桩发生在三年前的惨痛的往事。

他们家祖居山东临沂县，已经不知道多少代了。到了父亲这一辈，遇到了从城里搬来的“土霸王”赫连福。此人心黑手狠，欺男霸女，无恶不作。靳叔叔形容他是“三角眼，吊梢眉，眼睛一眨巴一个坏点子”。一只鹰，一条狗，加上这个赫连福，被称为“村中三害”。狗是两条腿的，指他的狗腿子，是个有名的打手。鹰，据说是从俄罗斯买进来的，勾勾着嘴，圆瞪着眼，翅膀一张三尺挂零，整天怒气冲冲的，凶神恶煞一般。

鹰是赫连福的爱物，整天不离身旁，走到哪里带到哪里，以至老太太们早晨揭鸡窝时，总要唠叨两句：“小鸡小鸡细留神，小心碰上赫家人。”这当然无济于事，年复一年，被这只老鹰叼走的鸡，毛血淋漓，无计其数。眼看着自己精心喂养的大母鸡被老鹰叼走，老太太们心疼得都要流出血来，却只能忍气吞声。如果有谁敢说出半个“不”字，狗腿子便会立刻闯进门来，敲锅砸灶，闹得你倾家荡产。

靳叔叔的父亲从年轻时就在赫家当长工，已经在这座黑漆大门里熬过四十个春秋了。这年秋后，他起了一个大早，赶着牛车去拉秫秸，路上坡坎很多，不慎翻了车，右腿被砸伤了。伙伴们把他背回家去，刚刚躺下，赫连福就打发人叫他过去，一照面，便恶狠狠地吼着："真是个窝囊废！你跌伤了，倒没有啥，这大忙季节叫我到哪里去雇人？"老人越听越觉得不是滋味，气得回敬了一句："怎能说坏了腿还没有啥呢？"赫连福冷笑一声，说："有啥没啥，与我没关系，找你来是让你收拾收拾，赶紧回家歇着去。"就这样，苦奔苦熬了四十年的老长工，一句话就辞退了。

老人家回到家里，没吃又没烧，三天两头揭不开锅。这天，早晨喝了一碗高粱面糊糊，就一瘸一拐地下地去拾柴火。也是冤家路窄，合该出事，刚走出大门口，就和"村中三害"碰上了头。赫连福摇摇晃晃地从东面走了过来，一只胳膊上挎着文明棍，另一只手臂上架着那只外国的老鹰，身后紧跟着那个打手。见到场院里有几只鸡正在低头啄食，赫连福便止住脚步，把鹰撒开。只听"嗖"的一声，那老鹰便闯入了鸡群，对着那只肥大的母鸡开始搏击。靳爷爷一见被捉的正是自家那只下蛋最多的母鸡，一时怒从心上起，恨自胆中生，照着老鹰就是一耙子。

靳叔叔说，当时老人想的是：撕了龙袍也是死，打了太子也是死，反正是一码事。一不做二不休，干脆揍死这个鬼东西，也算给村中除去一害。说来也巧，耙子一抡出去，不偏不倚，正好打穿了老鹰的天灵盖，翅膀一扑棱就玩完了。

这可闯下了弥天大祸。老人被赫连福和打手劈头盖脸地揍了一顿，最后又被带回去关押起来。靳叔叔当时在外村扛活，听说家里出了事，连夜赶了回来，托人说情，争取和解。赫连福对来人说，若要放人回去，必须应下三个条件：第一件，这只鹰是神物，要为它举行隆重葬礼，出殡那天，他们父子二人要给它披麻戴孝；

第二件，要像对待他家的老太爷一样，葬在坟茔地里；第三件，犯案的本人干不动活了，要由他的儿子献工三年，赔偿损失。

靳叔叔一听，立刻就火冒三丈，觉得实在是欺人太甚；但一想到遭受酷刑的老父亲，也便忍着怒气答应下来。可是，当去接父亲回家时，老人却死活不肯挪动地方，说是干脆死在他赫家就算了，也省得受这份窝囊气。结果，老人伤势本来就重，已经奄奄一息，加上又气又恼，第三天就一命呜呼了。靳叔叔急火攻心，两耳嗡嗡作响，当时便什么也听不见了。他草草地埋葬了父亲，趁着夜静更深，索性一跑了之，隐姓埋名，下了关东。

这时候，我才知道，他原本姓葛，靳是母家的姓氏。

后来，临沂解放了，他便捆起了行李卷，只身回去了。过了几天，“笑婶”也不知去向。我家的西厢房重新空了下来，依旧寂然无声。

乡　音

乡音，是人人都有的，而且，它很难改变。不管人生的旅途怎么走，飞黄腾达还是穷困潦倒，也任凭你漂流到异域他乡什么地方，纵然昔日的惨绿少年变成了白头翁媪，可总有一样东西依然不改，那就是由声调、方言、语词习惯等成分构成的乡音。离散多年的儿时旧侣偶然遇合，一口独具地方特色的乡音，会在顷刻间打开你的记忆之门，引领你到灵魂的根部，返回早经飞逝的岁月。即使彼此并不相识，只要一缕浓重的乡音飘过耳际，也会迅速拉近心灵的距离，带来一阵惊喜，一种温馨，一丝感动。不是说“老乡见老乡，两眼泪汪汪”吗？

可是，从前对此我却未尝留心。离别家乡之后，南北东西，五方杂处，自己的乡音究竟有什么特色，似乎完全忽略了。忽然有一次，它突兀地显现出来，竟然使我惊异莫名。那是1993年4月，在沈阳参加东北大学恢复校名的纪念活动，见到了当年东大的代校长、现已定居美国加州的宁恩承老先生。接谈数语，他就已辨知我的故乡所在。他说：“听口音，你和少帅是同乡。”我说，我们是同乡，张将军的出生地，离我家不过十几公里，有一年桑林子乡办秧歌会，我还到那里去转过。宁老听了很动情，不禁感慨丛生，随口吟出两句诗来：“河原大野高歌调，自别乡关久不闻。”“高歌调”指的是家乡那种调门高爽的“地秧歌”曲调。原来，老人著籍辽中，离盘锦很近，所以也属同乡。他与少帅同庚，少帅兼任东北大学校长时，他被委任为秘书长，彼此交谊甚深，汉公到美国后更是常相过从。

老人当时很兴奋，讲了许多有关少帅办学的往事。除了为东北大学捐款二百万元，以重金从全国十几个省延聘来章士钊、梁漱溟、刘仙洲、梁思成、黄侃等著名专家、学者外，汉公主政东北期间，还以私资创办了同泽中学、同泽女中、职业学校、成人学校和三十六所新民小学。东北教育一时称盛，仅辽宁就有各级各类公私学校一万零四百多所。

宁老虽已九十三岁高龄，思维却依然敏捷。他从名片上看到我的名字里有个“闾”字，便联想到这和我的故乡著名景区医巫闾山有关。我连连点头称是。他说，可惜这次时间太紧了，不然，真应该再游游闾山，重温旧梦，回去也好向汉公作个交代。汉公对医巫闾山有深厚的感情啊！他和于凤至生了三个儿子，都以闾山美玉为名，典故出自《淮南子》。闾山东麓有张氏家庙，他父亲——“大帅”的墓园在闾山南麓。

这一天，我们谈得十分投机，分手时宁老还叮嘱我，日后如果到了旧金山，一定要和他打个招呼，届时可以联床夜话，樽酒论文。事有凑巧，第二年 7 月我即有访美之行，第一站就是旧金山。电话刚刚过去，宁老就派车来接。记得那天的话题是从“三国”说起的。宁老说，一个朝代给予人们的印象是否深刻，未必和这个朝代的历时长短成正比例，往往同当时事件的密集程度、有没有震撼人心的角色有直接关系。比如，三国纷争不过五十几年，可是，人们却觉得无尽无休，热闹非凡，就因为当时斗争激烈，矛盾复杂，英雄、奸雄辈出，各色人等应有尽有。同样，张氏父子的“连台好戏”，从 1916 年老帅被“袁大头”任命为盛武将军管理奉天事务，到 1936 年少帅“临潼捉蒋”，也只有二十年，可是，在人们心目中却成了一个说不尽的历史话题。我接上说，这是理所当然的，一个“西安事变”，就足够中华民族说上千年，记怀万代的。

我们此行的最后一站是夏威夷，知道张将军正在那里度假，出于对世纪老人的衷心景仰和无限思念，出于浓烈的乡情，席间，我们询及有没有可能见他一面。宁老说，思乡怀土，是他终生难以解开的情结。他曾多次对我说，最想见的是家乡那些老少爷们儿。同乡亲叙叙旧，应该说是他的暮年一乐。但是，毕竟已经到了风烛残年，一点点的感情冲击也承受不起了，每当从电视上看到家乡的场景，他都会激动得通夜不眠，更不要说直接叙谈了。因此，赵四拼力阻止他同乡亲见面，甚至连有关资料都收藏起来，不使他见到。

看到我们失望的神情，老人突然问了一句：“你们在夏威夷能住几天？”我答说计划是三天。“时间也许还够用。”说着，宁老引我注目窗外，“汉公的寓所前面，也有这样的草坪，那里紧靠金色海滩。他每天傍晚，都要在海滩闲步，或者坐着轮椅出来。你只要细心一点就能发现。发现他以后，你们几个人就大声嚷嚷，随便说些什么都行。你的乡音很重，就由你来唱主角。估计不用多长时间，汉公就会发问：‘你们从哪儿来？’你就可以回答：‘我们是中国辽宁的，从沈阳来。’他立刻就会问：‘听你口音很熟，你是哪疙瘩的人？’你就如实说是盘山高平街（高升镇旧称，“街”读音为 gāi）的。他马上会说：‘噢，我们是乡亲哩！’紧接着就会请你们上楼，唠唠家乡的嗑儿。”

我们顿时活跃起来，齐声称赞宁老定计高明。老人叮嘱我们：“见上一面就很不容易了，时间可不能长啊，以免汉公过度劳累；还有，谁也不能泄露天机，不许提我宁某人一个字，否则，你们走后，赵四就会打来电话，向我兴师问罪。”我们唯唯诺诺，带上宁老提供的张家住址，继续上路，先后到了纽约、华盛顿、洛杉矶。一路上，我反复思考着会面时同将军谈些什么：自然要说说家乡盘锦的巨大变化；还要告诉他，医巫闾山翠秀依然，先人的庐墓已修葺一新；他的旧居门前那棵老柳树，虽已老态龙钟，风姿却不减当年，旁边的水井完好如初，屋后那棵百多年的老枣树，至今还是枝繁叶茂，果实累累。我要告诉张将军，家乡父老盼哪，盼哪，天天都盼望着他能回去看看。

十天后，我们取道旧金山，准备转乘飞机飞往夏威夷。行前，同宁老先生握别。老人说，前天同汉公通过电话，近日他稍感不适，晚间偶有微热，看来三五天内不能出去，也不可能会见客人。失之交臂，自然是抱憾终天，但以将军的健康为重，又只能作罢。

回来以后，我给宁老写了一封信，深情感谢他的热诚接待，并附寄一张标有汉公出生地的辽宁省图，连同这篇《乡音》，还题写了一首调寄《鹧鸪天》的词，请他在方便时候一并转致张将军。词曰：

风雨鸡鸣际世艰，西京义烈震宇寰。胸藏海岳居无地,卧似江河立是山。今古恨,几千般,功臣囚犯竟同兼!

英雄晚岁伤情事,锦绣家乡纸上看。

于今,将军已经驾鹤西去,归乡的夙愿终未得偿。呜呼,尚飨!

吊　客

童年的记忆，宛如朦胧的月光，披着薄雾般的夜色，悄手蹑脚地透过轻纱的窗帘，向梦中的我露出恬静而意味深长的笑靥。而童年旧事，则好似这梦中情景，许许多多都变得模糊不清了，有的却又异常清晰地浮现在脑际，像是刚刚发生过的一样。

现在，我仿佛回到了生活过十四年的土屋前，紧跟在父亲、母亲的身后，到门前的打谷场上纳凉。场上的人渐渐地增多了，左邻右舍的诸姑伯叔们吃过晚饭，都搬出小板凳或者拎着麻袋片，凑在一起，展开那种没有明确目的和特殊意义的“神聊海侃”。

几乎每天晚上都是这样，人们闲话的主题和内容散漫无际，随机性相当大。大都围绕着衣食住行、饮食男女、婚丧嫁娶、人情世相，以及狐鬼仙魔、奇闻逸事，天南海北地胡扯闲拉，不过是为了消磨时光，解除烦闷。

夜静更深，月光暗了下去，只能听得见声音，却看不清人们的面孔，时而从抽烟人的烟袋锅里闪现出一丝微弱的红光。对那些张家长李家短的生活琐事，我们这些小孩子是没有多大兴趣的，最爱听的还是神仙鬼怪故事。听了不免害怕，可是，越是害怕，越想听个究竟，有时怕得紧紧偎在母亲怀里不敢动弹，只露出两个小眼睛，察看着妖魔鬼怪的动静。最后，小眼睛也合上了，听着听着，就伴着荷花仙子、托塔天王遁入了梦乡，只好由父亲抱回家去。

“说书讲古”，在旧时农村文化生活完全空白的情况下，未始不是一种世俗化的文化消遣手段。但是，现在回忆起来，当时人们的兴味似乎也并不浓烈。每个人的神情都有些木然，再逗趣的事儿也很少听到有谁“咯咯咯”地笑出声来。一个个总是耷拉着脑袋，无聊中夹上几分无奈，持续着百年如一日的浑浑噩噩、自发自在的生计流程。

那个年月，人们活着无聊，死了倒是出奇地热闹，当然也是活人的热闹。最有意思的要算是祭灵、哭灵了。

在我入塾读书的第六年，我的一个伯母故去了，母亲让我请一天假，去给一向待我很好的伯母吊灵送终。进了大门，见到长长的院落里搭起了灵棚，一口红漆棺材摆放在灵堂正中，两旁挂着许多蓝幡素幛，微风拂过，发出唰啦、唰啦的声响；纸车纸马、纸糊的衣箱被褥，摆满了半个院子。为这种悲凉、肃穆的气氛所感染，我忍不住一腔悲痛，暗暗地滴下了两行清泪。可是，马上就被另一种异样的氛围吸引住了。

从我的身后急匆匆地走过来几个吊丧的女客，还离灵堂远着呢，她们竟同时喧腾起一阵响亮的哭声，一直哭到灵前，然后，一个个半跪半伏在地下。伴着那一阵阵的拉着长声的号哭，一无例外地有节奏地舞动着胳膊，接连不断地向空扑打着；长号过去之后，转为哀哀的哭泣，开始有韵味、有腔调地数落着、咏唱着，肩头上下耸动不停，却不见有泪珠滴落。

细听起来，这种半是数落、半是咏唱的内容，倒是十分丰富的，不仅包括了对于死者的空泛的溢美之词，还表达了生者的思念之情，诉说着无边的哀痛、悲戚和无法舍身替死的遗憾。

我有个族叔，绰号“魔怔”，博学多识，阅历丰富，对于民俗也颇有研究。一天，我和魔怔叔说起了这件事。他讲，这种咏唱属于挽歌性质。它的起源可以追溯到先秦时期，经历了一个由俗入礼，后又依礼成俗的发展过程。《庄子》里有“绋讴”的记载。绋，是牵引灵车的绳子。绋讴，拉灵车的役夫唱的劳动号子，后来演进为挽歌。《礼记》上也有“执绋不笑”的规定。

总之，当时唱挽歌的都是局外人，并不是丧家自身的事。所以，到了晋代，还曾发生过一场挽歌该不该进入丧葬礼仪的激烈争论。结果，主张进入的观点占了上风，后来也就相沿成习了。

魔怔叔还说，年轻时候他去过四川，那里讲派头的大户人家办丧事，不仅请吹鼓手，还要花钱雇号丧的，借以渲染气氛，壮大声势。号丧在那里成了一种专门职业，从业的要学会多种号丧调，什么《送魂调》《追魂调》《安魂调》《封棺调》啦，一号就是两三个小时，而且，调门特别高亢，抑扬顿挫，回环曲折，都能收纵自如。现在，哪家的女人或者孩子，遇到伤心、委屈的事了，哭起来没完没了，嗓门又高，人们就说他们简直是“号丧”，说法就是从这里来的。

唱挽歌也好，号丧也好，既然都是他人的逢场作戏，也就难怪如此这般的装腔作势了。其实，那天吊丧的女客，多数我都认得。说是孝子、孝妇的七姑八姨，实际上，与死者并没有什么切近的关系，可说是“八竿子打不着的”，无非是左邻右舍，街坊邻居。但她们一个个却都装作如丧考妣似的深悲剧痛的样子，不过是走走过场，凑凑热闹，送个浮情。群众早就把参加这类活动叫作“随人情”了，实在是再贴切不过的。

当时，我注意到，一旦这类表演式的举动进行得差不多了，伯母家里的当事人便及时过来加以劝解。只是，这些吊客非要做到“尽情尽意”不可，光是一般的嘴上劝说还不肯起来，必须有人上前一个个搀扶，并一再地说，千万不要哭坏了身子，才勉强站起。其实，这话也是拣好听的说，同样是一种“虚应故事”。哭也好，唱也好，不过是做戏给旁人看，哪里会弄得哀恸伤身呢！只见这几个女人站起来以后，没有过上五分钟，就同周围的人叽叽嘎嘎地说笑去了。

晚上掌灯之后，要给亡灵“送关门纸”，这也是哭灵表演最充分的时刻。伯母的三房子媳和女儿、女婿，以及娘家方面来的亲戚，十几个人，按照男左女右的规矩，分跪在灵堂两侧，算作“陪灵”。每当亲戚故旧来到灵前祭拜，他们都要跟着陪哭一场。男客女客，分别由丧家的男人、女人陪哭。

走马灯似的人群川流不息，宾主操着同一种腔调，带着同一样的表情，哭诉着同一种内容，例行着同一类的公事，大家都在围着这个亡灵忙碌着，应付着，敷衍着，使得那本来应该是极度哀伤的祭奠变成了一种形式，一种摆设，一种毫无意义的过场。回回如此，年年照旧。

任何人都看得出，这种借死人凑热闹、为活人争面子的吊丧活动，无非是做戏弄景，可是，却没有一个人敢于违俗，敢于进行一番讲求实际的革新。因为，当一种习俗或者礼仪为某一人群所共同认可之后，它就会自然而然地成为每一个体所必须遵循的准则。“随人情”的“随”字，精确之处就在这里。在传统社会中，如果有谁不肯随俗，或者直接违背了它，就必然会遭到公众的非议，受到人们的耻笑。

这使人想起了鲁迅先生的小说《孤独者》。那个魏连殳是精通这些治丧礼仪的，为他祖母入殓时，般般礼仪都安排得井井有条，因而赢得了别人发出的“仿佛是个大殓的专家”的赞叹。可是，作为身戴重孝的长孙，魏连殳竟又“始终没有掉过一滴眼泪，只坐在草荐上”，这又太不合乎大殓的礼仪了，因此，“大家忽而扰动了，很有惊异和不满的形势”。

旧时代的丧葬、婚嫁习俗，是一个一切都以过去的成规为基准的文化领域。一些生活习俗、礼节仪式的传承，全是靠着模仿长辈的行为实现的。那些终生奔波于生计的劳动者，从来不会也没有那份精力去过问这些属于日常经验世界的事情。当被问到为什么要这样做时，他们的答复总是刻板式的一句话：祖祖辈辈都是这么过来的。

在那种年月里，对于这些乡亲，日常生活的长河似乎已经失去了鲜活感，像一种无生命、无差别的静止的画面，被挤压在按固定程序与同一格式展开的模式之中。每个人每天都在重复着前一天做过的事情，基本上看不出什么变化。从脱下胎衣、跨上摇篮到穿上寿衣、走进坟墓，几十年间，每个人都同别人一样重复着那种平静、缓慢、庸常、单调的漫漫流程。

世世代代，他们穿着大体上一样的衣服，吃着相差无几的饭菜，住着类似的房舍，种着同一品种的庄稼，一切都是那么按部就班，那么机械、被动，每天都在演奏着没有任何变调的慢板，经历着生老病死的种种近于麻木的生命演绎。

有一件很小的事，给我留下了深刻的印象：一天傍晚，绰号“罗锅王”的大伯门前那棵半枯的老榆树起了火，烟雾弥漫，呛得纳凉的人们一个劲儿地咳嗽。任谁都叨咕这烟实在呛人，却又谁也不肯换个地方，更不想动手把它浇灭，尽管不远处就有一眼水井。

人们就是那么因循将就，得过且过。讲故事的偶尔插上一句：“哎呀，这棵树烧完了。”旁边有谁也接上说：“烧完了，这棵树。”

听不出是惋惜，还是惬意，直到星斗满天，各自散去。

夜　话

这是一件平凡的小事，牵涉到三个同样平凡的小人物。只是由于它连接了四十个春秋，又像历史长河中的一朵浪花，翻动着情感的波澜，闪耀出人性的光彩，才使它无论从当事人或者读者的角度来看，都还具有传述的价值。

事情要从几位散文作家到边防某部采风说起。

我们来到这里，半个月过去了。“人间有味是清欢。”生活在大城市，经常苦于纷繁的俗务和杂沓的应酬，剥啄的叩门声，清脆的电话响，镇日间不绝于耳；回到家里，又会淹没在饭馆的卡拉 OK、小贩的沿街叫卖、广告车的往复喧腾的噪声狂潮里。现在，它们总算被一股脑儿地抛掷在千里之外，称得上是“轮蹄不到红尘远，一枕烟波梦也清”了。

绵延无尽的一带连山，像凌空壁立的屏风一般，遮蔽了长风，也遮蔽了人们的视野，使这一原本就甚为偏僻的小镇，更显得与世隔绝了。山的阳面，是一处莽莽苍苍的林茂粮丰、水草肥美的原野，一道清澈的山溪，傍着一条新近筑成的沙石路，笔直地伸向远方，把这片绿锦缎般的茫茫碧野齐刷刷地切割成两半。左面，丛林掩映中的营房大院被一列长长的红砖墙包围起来；右边，翠苇森森，簇拥着一潭清澈的湖水，朝朝暮暮，镜子般地面对着万里晴空，没有波澜，没有污染，给人一种亲切、自然、澄净、安详的感觉。而晨兴、入夜响彻营房内外的嘹亮的号角却在明确地提示人们，这里生活着一个朝气蓬勃的战斗集体，这里的自然同样是人化的自然。

此刻，我们刚刚从湖畔游泳归来，一起聚在院里的凉亭下聊天。忽然一辆军用卡车开进院里，“嘎”的一声停了下来，一位五十岁上下的中年妇女从驾驶楼里钻出，向司机道过谢后，便径直走了过来。她那修长的身姿，文静的气质，透着几丝忧郁的眼神，引起了文友们的注目，大家同时都起身让座。直到这时，我才意识到这位客人是专程前来与我会面的。

三天前，我曾接到一封寄自山西朔州的快信，署名姜敬好。信写得很简单，开头就说：“我总算找到了您，哎，天涯苦觅，已经很多很多年了！”她要马上启程前来，叮嘱我一定要等见上一面再离开这里。

文友们就着信的内容作了种种猜测。有的认为，她是我的一个失散了多年的亲属；而素有“关东才女”之誉的白凌则歪着小脑壳，煞有介事地说：看来，她是老兄的早年女友，旧影依依，前情未忘，所以才不惮山长水远，要来这天之涯地之角，重温宿梦，畅叙离情。不管大家怎么说，我自己却心中有数，觉得这不过是一场误会。

此时，大家已经悄然散去，凉亭里只留下我们两个人。听说我已经收读了信件，她眼睛唰地一亮，笑着解释：“都怪我太匆忙，急着把信发出，就是怕拖延了日期您收不到。结果，话也没说明白，让您丈二和尚摸不着头脑。”

我心里嘀咕，莫说当时，就是现在，我也还是处于蒙昧状态，便说："从信址得知，您是晋北人，我呢，世居辽河之滨，我们过去既无一面之识，又从来没有过任何联系，恐怕是搞错了。这种误会，十五年前我经历过一次，那时我在省委机关工作。当时收到一封由天津《散文》月刊编辑部转来的信，寄信人是南方某城市的一位女教师。1937 年她的胞兄与一家人失散，四十余年杳无踪影。一天，她看到《散文》上一篇文章的作者署名，竟与其胞兄的完全相同，欣喜之余，就给编辑部写信，请求帮助与作者联系。作者是我，编辑部就把信转过来了。结果，竟是一场由同名同姓造成的误会。"

停了一下，我接上说，生活中这类巧合致误的事原是很多的，不足为怪，只是千里迢迢，历尽艰辛赶来，却扑个空，未免太亏了您。看着她那瘦削的身躯和由于连日奔波而略显疲倦的神色，我竟有些过意不去了。尽管我也知道，过错并非由我造成。

敬妤一改开始时的激动，现在却异常平静，不动声色地听着，看得出她是在仔细地端详着我。这时她才莞尔一笑，还是那么娴静："没有错。怎么会错呢？"像是向对方申明，又似在自言自语。说着，她从提包里郑重地取出一张四寸大的黑白照片，双手递了过来。接过一看，竟是四十年前我和一位名叫颜亦尊的上司的合影，不由得"啊"了一声："快告诉我，老颜现在哪里？"

不料，这一追问竟惹得她伤心地啜泣起来。"在哪里？在哪里？我也不知道他在哪里……"以问作答，她继续呜咽着，直到白凌跑过来招呼我们吃晚饭。

小白像发现了外星人的秘密一般，惊奇诡异地观察着眼前这一男一女，心里在证实着她预先织就的那张“罗曼蒂克之网”。而我，一边走着一边也在琢磨：她是老颜的什么人呢？当然不是妻子——老颜的妻子我熟悉，姓何，矮个，年纪也比她大。可是，那种深情，那张照片……

席间，客人总算恢复了常态，几个青年文友围拢过来，开着善意、亲切、谑而不虐的玩笑，她都大方、得体地应酬着。白凌知道我晚饭后还要接受附近一家报社的记者采访，便说：“晚上，大姐住在我那里。你们都暂告休息。”背朝着客人，向我扮了一副鬼脸。

由于闷葫芦还没有揭开，我显得心事重重，晚上的“记者问”也没有答好。记者以为是疲倦所致，提议明天再谈。我正巴不得颁下这道赦令，便匆匆离开，径直跑到白凌的房间。显然，她们已经谈了许多，而且，有一点可以确定，就是我已经从“罗曼蒂克之网”中被解脱出来。小白也不再耍怪态了，惊世骇俗的悲喜剧告吹，“大导演”英雄没了用武之地，像个泄了气的皮球似的，斜倚着墙，歪在床上。这边，我和敬妤开始了竟夜之谈。

敬妤说：“1957 年‘反右’，老颜可能有些言论。”

“情况是这样，”我插嘴说，“他大学毕业后，先是在中学教书，后来调进机关来办县报。我的经历与他相似。那时，机关里工农干部占绝对多数，大学生是凤毛麟角，我们都酷爱文学，气味相投，共同语言比较多。喜欢在一起谈论晏几道、李清照的词，欣赏中外的名曲，读些反映现实社会问题的小说，而颇不满于报社主编的不学无术却妒贤嫉能、妄自尊大。老颜当时是副主编，笔头子硬，小有名气，主编怕他取而代之，便到处制造舆论，说他的坏话。其实，老颜一身清正，也没有什么把柄可抓的，无非是‘小资产阶级情调十足’，‘目无组织，骄傲自负’等等。可是，说归说，工作却又离不开他。不久‘反右’就开始了，这位主编总算找到了发难的机会，于是，首先起来揭发老颜的‘反党言论’。”

现已回到原来的话头，我请敬妤接着讲。

敬妤说：“还是您讲，您是当事人，最有发言权。”

于是，我便接着讲下去：我记得，有天晚上，主编特意把我找到家里，先是夸我年少有才，具备发展前途，接着，把话锋一转，色厉辞严地告诫说：“你眼前正面临着严峻的考验，如果不同颜亦尊撕开面皮，划清界限，彻底揭发他的问题，后果将不堪设想。”一片“山雨欲来”的紧张气势。

果然，第二天就召开了批斗大会。几个“右派分子”面对着群众，站在长条板凳上。会议由主编主持，他扫视了一下会场，看我躲在后面，便轻轻地摆了摆手，示意到前排就座，我只好硬着头皮在前面找个空隙坐下。会议开始后，主持人首先领着大家喊了一通口号，叫作“杀威风”“打态度”，然后，就喝令颜亦尊交代反党罪行。老颜昂头说道：“我十六岁就投身革命，拎着脑袋找共产党，怎么现在变成反党了？笑话！”

主编被弄得很尴尬，便以凌厉的目光盯住我，点名叫我起来揭发大右派颜亦尊是怎样腐蚀青年的，他都放过什么毒。我从来没有见过这种阵势，慌忙站起，嗫嚅地说，老颜只是爱好文学，我们常在一起讨论李清照、欧阳修……主编厉声喝道：“谁让你讲这些？要揭发反党言论，反党的言行！”我摇了摇头，说“我没听到什么”。会议卡了壳，泄了气，便不了了之地散了。

“后来呢？”敬妤紧着问了一句。

我说，欲加之罪，何患无辞，他们给老颜拼凑了一些“反党”言行，并以态度恶劣，抗拒运动，给他定性为“极右”，以后就不知下落了。当年冬天，我也被下放农村改造锻炼，两年后作了异地安排。

小白看敬妤有些倦怠，便下地将毛巾用冷水浸过，递给她擦了脸，又给我续了杯茶水。敬妤建议到外面散散步，走着谈。白凌立刻拍手响应。我看了看表，这时刚好是十二点一刻。

营房大门上了锁，三人便在宽阔的教练场上，踏着清凉的月光闲步着。月色浸润着整个大地，远山近树，旷野平畴，千般万象都涂上一层银灰色。天空没有一片云，清凌凌的，透明而洁净，令人感到无限的高远。近处的虫吟，远地的蛙鸣，一迭连声地喧嚣着，军营的夏夜却益发显得宁静。

敬妤接上前面的话题，低沉地说：“老颜被投入内地一所监狱里关押起来，妻子老何怕连累了孩子，加上组织出面反复动员，不得不与丈夫办了离婚手续，然后就带着孩子，隐姓埋名，投奔山东老家去了。

“出狱之后，老颜觉得往事不堪回首，不愿意返回原籍，便被就地安置在我所在的县文化馆。我们经常一块儿下乡，很谈得来，对他的满腹经纶，我更佩服得五体投地。那时，我还没有处对象，馆内同志便加以撮合，于是，就走到了一起。

“婚后，我经常听到老颜念叨您。记得‘文化大革命’开始时，他的境况已经相当艰难了，还曾和我说过：‘人世沧桑，如今也不知道这位老弟落到了哪一步。当年，他不肯昧着良心说话，结果受了很重的牵累，我一直铭感于心，却无法表达。今生今世，怕是无缘相见了。’”

老颜的话，实在令人感动。现在反思，当时我的表现是很软弱的，无非是说了一句真话。可是，没有想到，他竟如此珍视，终生不忘。

此时此刻，我对他就更加怀念了。当下忙着追问：“老颜也在朔州吗？现在景况如何？”

由于背着月光，看不清敬妤的面容，只听她轻轻叹息一声，凄然地说：“唐山大地震时，他正在那里参加一个会，被活活地压死在楼板底下。转眼间，又过去了二十年。当时，我拉扯着一个未满十岁的孩子，无依无靠，只好转到山西的哥哥那里，在矿上教小学。现在，孩子大学毕了业，也成家立业、娶妻生子了，新近我办了退休手续，过上了含饴弄孙的清闲日子。按说，可以告慰于地下亡灵了。

“可是，从他去世以后，心中就老是记挂着这件事。作为未亡人，我应该实践他的遗愿，想办法与您见上一面，说上几句感念的话。为此，我苦苦地寻觅着。心想，幽冥、人世，阴阳永隔，永生永世再没有见面机会，倒也死了那股肠子。可是，两个大活人，都在一个太阳底下，山不转水转，早不见晚见，怎么就无缘相会呢？亲友们都劝我丢掉这个念头，可我就是不死心。往各地发出过许多封信，有的如石沉大海，有的回函说‘查无此人’。总之，失望连着失望，后来真的有些绝望了。”

走着走着，敬妤突然问道：“听过没有，老颜唱法国的名歌《天鹅》？”

我说："听过不知多少遍，现在曲调还有印象，只是歌词全都忘记了。"

她说："我把天鹅当作我们的幻影，一想念他，我就唱上一遍。"

现在，她又月下怀人，情不自禁地轻轻地哼了起来，当唱到"伴侣啊永眠在梦乡，只听得水波轻轻歌唱，天鹅她垂头眼泪汪汪，她在月亮下独自彷徨"时，竟泣不成声了。

这种浓情挚意，令我和小白都深深为之感动。我们都苦于找不出什么话语来安慰她，便陪着她回房间去。

灯下，三个人又默坐了一会儿，敬妤如梦初醒，从提包里翻出一张边防某部接待客人的名单，上面赫然印有我的名字。

原来，我们到边防某部后，部队首长曾经设宴招待，当时提供过一个名单。记得有位接待科长曾与我热情交谈，问询过一些情况。

敬妤说："那是我的亲侄，入伍之前多次听我讲过您和老颜的事。这次，多亏他牵线搭桥，传递了信息。"

我说，其实我的散文集上就印着我的简历。

她淡然一笑，说，山野之人看不到啊。

外面，天色大明了。小白回到屋里，不知什么时候在床上悄然睡去。我简单地向敬妤介绍了个人和家庭的情况。

她很欣慰，揉了揉眼睛，长舒了一口气，说："人也见了，话也说了，心也安了。有一年我上五台山，遇到一位八十多岁的老婆婆，沿着台阶，从山下一步一步往上爬，一直爬到山顶上，礼了佛，进了香，双膝都磨破了，心却特别安然。她告诉大家，这个愿总算还了，回到家里就能安心睡觉了。——我现在也是这种心境。”

吃过早饭后，她的侄子，前面说过的那位接待科长，带车前来接她。大家怀着依依惜别的心情，依次同她紧握过双手。我请司机开车走在前面，然后，同小白一起，陪着敬妤沿着那条沙石路，又步行了很长一段路程。分手时，我的眼睛已经湿润了，模糊了，以至根本没有看清楚敬妤是怎样登车上路的，直到汽车腾起的滚滚烟尘在视野中消失了，才憬然醒悟到人已经走远了。

寻　觅

一

在我高中即将结业的前夕，一次体检中突然发现患上了浸润型肺结核。这在今天看来，原本算不上什么大不了的疾患，可是，在20世纪50年代中期，却几乎等同于现在的癌症了。

前此，教导主任曾向班里透露，以我的优秀学品，可以不经过入学考试，直接保送到北师大或者东北师大；可是，我自己却并不以此为满足，暗自想望着也觉得完全有把握考进学子们心目中的圣殿——北京大学中文系。甚至，梦境中已经戴上了北大的校徽，徜徉于柳丝垂映的未名湖畔，欢歌笑语在花丛间、草坪上。现在却被告知，升学的事只能以后再说，眼下必须休息、治疗。心情的怅惘、失望以至绝望，自不待说了。

这天，注射过链霉素之后，我回到家里卧床静息。突然，素心表姐推门进来了。她与我同年级，但不在一个班，这是参加过高考之后，从学校回来度暑假的。可能是怕我脆弱的心灵经受不住刺激吧，她没有谈有关高考、升学的事，只是告诉我，哪几位老师、哪些同学嘱托她向我转达劝慰、问候之情，听了自是感念不置，仿佛干涸的畦田流进了汩汩清泉，秧苗立刻展现出勃勃的生机。其中，尤其使我感动的是——

素心姐说：“那天晚自习之后，我们宿舍的四个同学先后都回来了，记不得什么话题引出来，大家忽然提起了你，——你是学生会副主席嘛，同学们自然都熟悉——共同感到非常惋惜。D(姑隐其名——作者注)，你有印象吧？个头不高，挺清秀，挺朴实的。”

我点了点头。

“D平时话语很多，天真活泼，这天晚上却显得神情萧索，只是凝神地听着，突然，她插了一句，不，只说出了半句‘出师未捷……’，便呜咽着，泣不成声了。”

我猜说：“也许她的亲人中，有谁因为这种病……”

“没有。几年相处，她的情况我了解。”表姐说。

我低声喃喃着：“其实，我们之间没有过太多的接触。”

“这我清楚。”表姐说。

又谈论了一些别的，素心姐就回家了。我却静静地躺在床上，像过电影似的，把和D相识的过程，在脑子里复映了一遍。

二

那是七月中旬的一天，刚刚下过了一场暴雨，校园里到处汪洋一片。本来我就没有穿袜子，此刻，索性脱掉了鞋，蹚着泥水，来到一座陈旧的木楼里应试。新中国成立之初，按照上级教育部门的规定，录取初中生，除了笔试，测评一大张包罗万象的卷子，还须进行口试，以实际了解考生的智力水准和应对能力。

老师很亲切和蔼，大约三十岁上下，胸前戴着一个白布制作的名签，原来和我是一个姓。他照着报名花册，念出了我的名字，示意坐在他的对面，作好答题准备，同时，又招呼另一个应试者："D，你先进来等候，下一个就是你。"这是一个带着清纯的稚气的女孩子，体质有些瘦弱，一身旧衫裤，也是光着脚板。

"你喜欢什么课程？"王老师开始提问了。

我说，喜欢地理。

"哦！为什么？"

我说，长大了以后，我想阅遍名山大川，周游全国。

"那好，我就考你这方面的问题。"老师略微思索一下，便说，"你注意听着，题目是这样：我想从这里到广州去看望外祖母，你看要怎么走？要求是，尽量节省经费和时间，做到方便、经济；还要汽车、火车、江轮、海轮都能坐着。"

我说，可以从县城坐汽车到锦州，然后换乘京沈铁路列车到北京，再转乘京沪线的火车抵达南京，从南京登上长江客轮到达上海，再从上海乘海上轮船前往广州。

"现在发生了新的情况，"老师说，"我的妹妹在陕西的宝鸡读中学，放暑假了，她也要一同去看姥姥。你看这要怎么走？"

我说，那就通知她乘陇海铁路列车先赶到徐州，约定好车次。老师还是从这里坐汽车到锦州，再坐火车到天津，然后换乘津浦路的列车，在徐州车站接妹妹上车，依旧到南京下车，乘江轮到上海，再转乘海轮前往广州。

"好！"老师高兴地说，"给你打一百分。"

这次口试，可能给D留下了一些印象。

还有一次，学校组织部分优秀学生到兴城海滨参加夏令营活动，我和 D 都去了。那时的中学生眼界不宽，思辨能力较弱，对问题的认识也显得肤浅，但是，思想单纯，真情灼灼，充满着向上的激情，美妙的憧憬。我们曾在一起谈论过未来的理想，还曾共同背诵俄国作家柯罗连科的散文诗《灯光》。大意是，一个秋天的夜晚，我乘着小船漂流在一条阴暗的河上，前面有灯光在闪烁，实际却离得很远。现在，我还经常回想起这飘忽的灯光。可是，生活仍在河岸之间漂流，而灯光还很遥远，还得使劲划桨。不过，在前面毕竟有着灯光。

那天，我们背着西斜的阳光，浴着晚风，漫步在海滩上。她捡了许多五彩贝壳，说是要粘在画布上，挂在宿舍的床头。

记忆中，我们打交道也只有这么两次。实在没有想到，对于我的患病，她竟如此感到惋惜，直至痛哭失声。这令我深受感动，历久难忘。

三

病愈之后，我也考取了大学，毕了业就到外地中学教书，后来，又先后走上新闻岗位，进入机关工作。随着时间的推移，我越发强烈地感到青少年时代友情的纯真可贵，越发怀念起 D 这个瘦弱的姑娘。我多么想和她重见一面，亲口对她诉说：我衷心地感激您，是您，使我认识到自身的存在价值，从而增强了我同疾病做斗争的勇气、信心和力量。

我做过多方面的努力，可是，总是一次次地失望。

最先，当然是通过素心姐和她的班上同学探寻线索。她们说，只知道 D 考取了兰州的一所大学，学的是理科，毕业后可能在陇东工作过一段时间，“文化大革命”之后，就不知下落了。

听说在她的原籍沙岭乡有一个叔叔，我便趁新闻采访之便，跑了这个乡的几个村子，逐个地打听D姓人家，最后终于有了着落，原来，她的叔叔一家，三年困难时期逃荒到了“北大荒”。结果又是断了线。

天高地迥，人海茫茫。我对于寻觅D，已经不再抱有希望了。

去年，母校中学庆祝建校五十周年，我应邀参加了。当时，颇寄希望于这次聚会。设想，纵令见不到D本人，至少也可以从其他同学那里了解到有关她的线索。及至到了学校，才发觉“纪念会”已经有些变味了，校方以“联络感情，扩大发展”为宗旨，请的都是一些有名有位，有权有势，特别是能够提供赞助的学生，他们多数毕业于七八十年代。至于默默无闻的普通知识分子，包括五十年代毕业、已到退休年龄的老校友，根本就没有接到邀请函。

失望之余，我暗自想道：也应该尊重实际，略迹原情——逝者如斯，时移势异，一切都在变化，四五十年过去了，怎么可能还保持往昔的清纯，还到哪里去找回旧日的温馨呢！

但是，这次聚会终竟还是有收获的。会后，我去拜望一位已退休多年、现在卧病在家的老师，从他那里访察到了D的下落。原来，她和这位老先生的女婿都毕业于兰州大学，后来又都在天水一所中等专科学校任教。现在，他们也都退休了。

“估计我这女婿能够知道D的近况。”老先生说着，就拨通了女婿家的电话。得知D现在太原，住在女儿家里，女儿在一家外资企业上班。我当即记下了她们的姓名和具体单位。

“踏破铁鞋无觅处，得来全不费工夫。”你这飘摇在万里云天中的风筝啊，我总算扯住了这条线！

四

借一个出差机会，我来到了太原，并找到了这家电子元件有限公司。通过她的女儿，我和 D 约好了在迎泽大街西段一家东北风味的楼上餐厅会面。

我知道，站在我对面的不会是别人，但是，确确实实，她已经变得我无法认识了。头发花白了，脸上爬满了细细的皱纹，个头没有变化，身材却过于发胖，爬了几步楼就大口地喘着气。衣服倒十分考究，全是进口的料子，剪裁得也很合身，一副闲适、富有的姿态。她有礼貌地轻轻地握了下我的手，平静地说：

“你还是当年的模样，说话声音也没有改。”

按照逻辑，我应该接上说，这些年我基本上没动地方，不像你一直在外面闯荡，可是说出来的，却是：“你可让我找得好苦！”

“哦？”她略微有些诧异，但马上就沉静下来，“是呀，我们都期待着能够别后重逢。”

我请她点了几样菜，又特意订了高粱米粥和血肠、冻豆腐的汆锅。

“我永远不能忘记，你在精神上给过我巨大的支持。”我察觉到这句话有些贸然，也过于笼统，便又补充了一句，“听袁素心讲，高中毕业前夕，你得知我患了病，竟然……竟然哭了一场。”

“是吗？”她却显得很平淡，“我可记不得了。”

本来我还想告诉她，寻寻觅觅几十年，费了多少周折，通过几种途径，才打听到她的所在，但又觉得语境已被隔绝，这些话似乎是多余的了。

我们一边进餐，一边又随便唠些别后的琐事。

我了解到，她的丈夫已经不在了。女儿、女婿在西安交通大学拿到了硕士学位，属于高科技领域，原想继续深造下去，当时，恰好太原这家外资企业招聘外语翻译，待遇甚为丰厚；在母亲的极力撺掇下，他们便前来就职。收入自然大大增加了，居住条件也得到显著改善，但是，却付出了专业完全废弃的沉重代价。

对此，我流露出惋惜的心情，她却不以为意地笑着说："你呀，依旧是文人气质。——都什么时代了，看问题，还不现实一些？"

这次会见，就这样匆匆地结束了。四十余年的渴望终于得偿，按说我应该感到轻松了，可是，不知为什么却反而有些闷寂，有一丝惘然若失的感觉。

出乎意料，第二天晚饭后，D 又带着一个十三四岁的小男孩到房间里来看我。一面热情地握着手，一面解释说，她昨天有些头晕——因为血压高，今天要和老同学好好地唠一唠。还说："小刚，快来向爷爷问好！"

"这是小外孙吧？"

"不，是孙子。"她抚摩着小男孩的脑袋，说，"我还有一个儿子，就是他爸爸，属于'下生就挨饿，上学就停课'的那一代人。整个都耽误了，费了很大力气才弄了个大专文凭。现在还留在天水，想往太原调转，联系了几次，都因为学历低，找不到接收单位，只好孤零零地飘在那里。这简直成了我的一块心病。"

稍稍停顿一下，她又继续说："你的情况我都知道了，一向都是凤毛麟角，也是老同学的光荣啊。听说，我们省长过去和你在一起工作过，那当然很熟啦。倘若他能说一句话，我想，哪个单位也不敢说个‘不’字。”

尽管未必如她所言，省长也未必肯说这个话，但我还是表示，要尽最大努力，争取办成。

D 很高兴，同我热情地握手，说了几次“再见”。路灯下，目送着她渐行渐远的背影，我努力追寻着旧日的影像，旧日的情怀。

童年的风景

一

人，不知不觉就来到这个世上了，就长大了，就老了。老了，往往喜欢回忆小时候的事情，在一种温馨、恬静的心境里，向着过往的时空含情睇视。于是，人生的首尾两头便接连起来了。

我的回忆是在一种苍凉的感觉中展开的。这种感觉，常常同梦境搅和在一起，在夜深人静之时悄然而至。

这时候，仿佛回到了辽河冲积平原上故家的茅屋里。推开后门，扑入眼帘的是笼罩在斜晖脉脉中的苍茫的旷野。岁月匆匆，几十载倏忽飞逝，而望中的流云霞彩、绿野平畴却似乎没有太多的变化。我把视线扫向那几分熟悉、几分亲切而又充满陌生感的村落，想从中辨识出哪怕是一点点的当年陈迹。谁知，一个不留神，血红的夕阳便已滚到群山的背后，天色渐渐地暗了下来。晚归的群鸦从头顶上掠过，“呱、呱、呱”地叫个不停，白杨林幽幽地矗立在沉沉的暮霭里。

荒草离离的仄径上，一大一小的两头黄牛慢条斯理地走过来，后面尾随着憨态可掬的小牧童，一支跑了调的村歌趁着晚风弥散在色彩斑驳的田野里。惝恍迷离中，忽然觉得，那个小牧童原来是我自己，此刻，正悠闲地骑在牛背上，晃晃摇摇地往前走啊，走啊，居然又像是躺在儿时的摇篮里。“摇啊摇，摇过了小板桥”，伴随着母亲哼唱的古老的催眠曲，悠然跌入了梦乡。

蓝天，远树，黄金色的谷浪，故乡绚丽的秋天，少年时代。我骑在一匹四蹄雪白的大红马上，蹄声嘚嘚，飞驰在禾黍丰盈的原野上。忽而又踏上了黄沙古道，上岗下坡，颠颠簸簸，有几次险些从马背上跌落下来。不知是为了搔痒，还是蓄意要把我甩掉，大红马突然从一棵歪脖子柳树底下钻过去。亏得我眼疾手快，弯起双臂抱住了大树杈丫，才没有被刮落下去，马却已经逃逸得没有了踪影。“啊——”，随着一声刺耳的惊叫，我醒转了过来。

这时，似乎依然身在茅屋里。北风呜呜地嘶吼着，寒潮席卷着大地。置身其间，有一种怒涛奔涌，舟浮海上的感觉。窗外银灰色的空间，飘舞着丝丝片片的雪花，院落里霎时便铺上了一层净洁无瑕的琼英玉屑。寒风吹打着路旁老树的枝条，发出“唰啦、唰啦”的声响。这种感觉十分真切，分明就在眼前，就在耳边，却又有些扑朔迷离，让人无从捉摸、玩索。

渐渐地，我明白了，也许这就是童年，或者说，是童年的风景，童年的某种感觉。它像一阵淡淡的轻风，掀开记忆的帘帷，吹起了沉积在岁月烟尘中的重重絮片。

旧时月色，如晤前生。窃幸“忘却的救主”还没有降临，纵使征程迢递，万转千折，最后，也还能找回到自家的门口。

于是，我的意绪的游丝便缠绕在那座风雪中的茅屋上了。

茅屋是我的家，我在这里度过了完整的童年。茅屋，坐落在医巫闾山脚下的一个荒僻的村落里。说是村落，其实也不过是一条街，五六十户人家，像一字长蛇阵那样排列在一起，前面是一带连山般的长满了茂密的丛林的大沙岗子。

入冬之后的头一场雪刚刚停下来，满视野里一片白茫茫的世界。太阳爷把那淡黄色的光芒随处喷射，顷刻间这列新旧不一的茅草房、土平房便涂上了一层炫目的金色。

家家户户的屋顶上，袅动着缕缕升腾的乳白色的炊烟。圈了一夜的大公鸡，从笼子里放出，扑棱棱飞到土墙上，伸长着脖子，甩动着血红的冠子，一声高过一声地啼叫着。谁家的小毛驴也跟着凑热闹，像是应和着阵阵鸡鸣，重重地喷打了一个响鼻儿，然后，就叫唤起来没完。荒村的宁静被打破了，一天的序幕也就此正式拉开。对小孩子来说，新的游戏又从头开始了。

二

在每个人的生命旅程中，都曾有过一个抛却任何掩饰、显现自我本真的阶段，那就是童年。在这段时间里，游戏是至尊至上的天职，在天真无邪的游戏中，孩子们充分地享受生命，显露性灵。原本苦涩、枯燥、沉重、琐屑的日常生活，通过游戏，一变而为轻松、甜美，活泼、有趣。无论是摆家家、娶媳妇、搭房子、建城堡，还是上房、爬树、荡秋千、捉迷藏，乃至种种恶作剧、“讨人嫌”，孩子们都玩得意兴盎然，煞有介事，都以最大的热情和高度的认真全神贯注地投入进去。

在游戏过程中，孩子们可以异想天开地进行种种创造性的甚至破坏性的实验，而不必像成年人那样承担现实活动中由于行为失误所导致的后果，并且可以保留随时随地放弃它的权利，而不必像成年人那样瞻前顾后，疑虑重重，从而创造一个绝无强制行为和矫饰色彩的完全自由、从心所欲的特殊领域。

孩子们的头脑中，不像成年人那样存在着种种利害的斟酌、实用的打算，也没有形形色色的心理负担。想说就说，想闹就闹，不顾虑哪些行为会惹起人们气恼，也不戒备什么举动有可能遭人忌恨，被人耻笑。小孩子没有欣赏自己杰作的习惯，也不懂得眷恋已有的辉煌，一切全都听凭兴趣的支配，兴发而作，兴尽而息。

有一次，我耗费了整个的下午，晚饭都忘记吃了，用秫秸内瓤和蒿子秆扎制出一辆小马车，到末了只是觉得车轱辘没有弄好，就把它一脚踏烂了，没有丝毫的顾惜。睡了一个通宵的甜觉，第二天兴趣重新点燃起来，便又从头扎起。有些在成年人看来极端琐屑、枯燥无味的事，却会引发孩子们的无穷兴味。小时候，我曾蹲在院里的大柳树旁边，一连几个钟头，目不转睛地观察着蚂蚁搬家、天牛爬树。好像根本没有想过：这样做的目的是什么？究竟有什么价值？一切都是纯任自然，没有丝毫功利的考虑。

小时候，我最喜欢的游戏是“过家家”。几个小伙伴认认真真地扮演着各自的丈夫、妻子、儿女、外婆的角色，学着大人的样子，盖房、娶亲、抱孩子、喂奶、拾柴火、做饭，担负起“家庭”的各种义务和责任。而一旦小伙伴之间发生了什么不如意、不快活的事情，也并不觉得怎样的忌恨与懊恼，只需轻描淡写地说上一句“我不跟你好了”，就可以轻松、自在地结束各种关系，没有依恋，没有愧悔，无须考虑什么影响和后果，更不会妨碍下次的聚合，下次的游玩，下次的欢好。

人有记忆，但也有善忘的癖性。本来，任何人都是从童年过来的，游戏本是儿童最正当的行为，贪玩、淘气、任性、顽皮原属儿童的天性，也是日后成才、立业的起脚点。可是，一旦走出了童话世界，步入了成人行列，许多人便往往把自己当年的情事忘记得一干二净，习惯于以功利的目光衡量一切，而再也不肯容忍那些所谓无益且又无聊的儿时玩意儿。

我是早已做了父兄的人，曾经不止一次地做过鲁迅先生在散文《风筝》中所自责的对于儿童“精神的虐杀”之类的蠢事。但是，过去总是心安理得，以为那是出于好意；直到读过了先生的美文，才觉得“我的心也仿佛同时变了铅块，很重很重的堕下去了”。

其实，即使单就功利而言，成年人需要借鉴孩子们的东西也是不少的。比如，无论大人小孩，原本生活在同一空间里，可是，感觉却大不一样。成年人由于顾忌重重，遮蔽太多，时时有一种“出门即有碍，谁谓天地宽”的局促之感，而孩子们却无惧无虑，无私无我，又兼借助于无穷的想象力，他们的空间是云海苍茫，绵邈无际的。

记得一部电视剧中有这样一个情节：老师在黑板上画了一个圆圈，让坐在下面的几类人群回答：它像什么？幼儿园的孩子答案最多，成绩最好，竟然说出了几十种；小学生次之，讲出了十几种；中学生就差一些了，但也讲出了八九样；大学生只举出了两三样，没有及格；而成年人，有的还是局级干部，竟连一种也回答不出来，最后吃了个大零蛋，原因在于他们思虑太多，有的即使想到了也不肯讲。这实在是颇为发人深省的。

三

小时候，我经常去的地方，是大沙岗子前面那片沼泽地。清明一过，芦苇、水草和香蒲都冒出了绿锥锥儿。蜻蜓在草上飞，青蛙往水里跳，鸬鹚悠然站在水边剔着洁白的羽毛，或者像老翁那样一步一步地闲踱着，冷不防把脑袋扎进水里，叼出来一只筷子长的白鱼。五六月间，蒲草棵子一人多高，水鸟在上面结巢、孵卵，嘎嘎叽叫个不停。秋风吹过，芦花像雪片一般飘飞着，于黄叶凋零之外又点缀出一片银妆世界。

春、夏、秋三个季节，各种水禽野雀转换着栖迟，任是再博学的人也叫不全它们的名字。这里本是孩子们的乐园，可是，我在小时候却从来不敢下到水里去洗澡。听大人说，泡子里面有锅底形的深坑，一脚踏进去，出溜一下就没了脖儿。还有一种大蚂蟥，见着小孩儿的细皮嫩肉就猛劲儿往里叮，扯也扯不出来，直到把血吸干为止。

游玩之外，就是盼望着叫卖烧饼、花生、糖球的上门了。只是平素这些小摊贩来得很少，因为没有几家能够拿出钱来购买。来得比较勤的要数那个卖豆腐脑儿的了，个头不高，担着两只木桶，桶底几乎擦着了路面；嗓门却很大，“豆腐脑儿热乎啦——”，直震得窗户纸嘭嘭响，可是，好像也没有几个搭茬的。

倒是货郎担子很招人。随着拨浪鼓的声响，一副货郎担子已经摊在了门前，花布彩绸、针头线脑、发网、纽扣、毛巾、火柴，可说是应有尽有。大姑娘、小媳妇、老妈妈，围得水泄不通，只是没有小孩子。大人们说，那货郎里说不定有“拍花的”，袄袖子一甩，就给你拍上迷魂药，你会不知不觉地跟着走，最后，五块大洋卖给“人贩子”。

小伙伴们听了，怕还是怕，但总觉得货郎担好玩；不敢近前，怕袖子甩到脑袋上，就骑在墙头上看热闹，远远地望着新奇的货色发呆。待到货郎哥一边向这面眨眼睛一边招手时，我们便飞快地溜下墙头，一溜烟似的跑掉了。耳边却还响着拨浪鼓的鼓声，心里总觉得痒丝丝的。

说来大人们对付小孩儿的道眼实在是多，可是，许多时候也并不能收到实效。因为小孩子和成年人不一样，逆反心理和好奇心要强得多——禁果总是分外甜的。其根源，从小处说是求知欲望作祟；从大处说，人类本身具有积极探索未知世界的意向，就这方面来说，成年人也不例外。

普希金在长诗《叶甫根尼·奥涅金》中曾经写道：

呵，世俗的人！你们就像
你们原始的妈妈——夏娃，
凡是到手的，你们就不喜欢；
只有蛇的遥远的呼唤
和神秘的树，使你们向往；
去吧，去吃那一颗禁果——
不然的话，天堂也不是天堂！

在现实生活中，也往往是如此。如果你要想使某件事情为公众所周知，只需郑重地申明一句“某某件事，千万不要去打听”就足够了。

后来，小朋友们渐渐地知道了，那“拍花的”说法其实并没有多少根据，多半是家长们为着对付小孩子的纠缠编造出来的。待到货郎担下次再来时，我们便一窝蜂似的拥了过去。

有一次，可真是大开眼界啦，货郎哥带来了各种彩绘的泥玩具，木头做的刀枪剑戟，黄绸子缝制的布老虎，泥塑木雕的彩人、彩马，脑袋会动的大公鸡，能发出“咕、咕、咕”叫声的鹁鸽，还有一套十二只的猴娃，有坐有立，或哭或笑，能跳能跑，一个个惟妙惟肖，活灵活现，神情动态却各不相同。我们没有钱买，便紧紧地跟在货郎担后面，从东街转到西街，饭都不想吃了。

说起猴娃之类的玩具，使我想起那回看猴戏的事。好像是从山东那面过来的，两口子搭成了一个小戏班。领班的一手敲着堂锣，大声吆喝着，一手牵着戴有假面具、穿着红绿袍褂的猴子，有的后面还跟个小山羊。另一个人在后面挑着担子，随时出售一些江湖野药和新奇的玩具。

如果猢狲的面具是黑漆漆的，领班的就唱着：“包龙图打坐在开封府，昼断阳来夜断阴。”这时，猴子就围着圆场走台步，翻筋斗，还不时地抠抠耳朵，搔搔皮肤，出着各种洋相；有时还会从胳肢窝里抓出几个虱子，放进嘴里“嘎嘣、嘎嘣”地嚼起来，逗得满场的观众哄堂大笑。

过了一会儿，领班的又给猢狲换上了花脸的面具，于是，“猴哥儿”就伴随着“窦尔敦在绿林谁不尊仰……”的唱词，摇着帽翅，装腔作势、狐假虎威地走起四方步来。为了奖励猢狲的乖巧听话，领班的这时就会从口袋里摸出几个花生角，放进它的嘴里。

闹哄过一阵之后，猴子就会托出一个小竹盘，转着圈儿收取零钱。给与不给都是自愿的。我们这些小孩子，一文不名，从来都是白看的，有时还要跟着戏班转上个五里三村，耍猴戏的也不作兴往回撵，乐得借助我们的声势招人聚众。

但是，有一次，不知为了什么缘由，领班人忽然从扎着腰带的背后扯出了一把皮鞭，照着猴子的脊梁“啪啪啪”地抽打起来。只见“猴哥儿”痛得哀哀地号叫，还顺着眼角滴滴答答地流出了泪水。这给了我很深的刺激，从此，就再也不想看猴戏了。

四

小时候，我感到天地特别广阔，身边有无限的空间，有享用不尽的活动余地。长大以后，随着年龄的增长，倒反而觉得生存空间越来越狭小了，活动起来窒碍也越来越多了。当听到人们谈论地球正在变成“地球村”时，便在惊悚之余，平添了几分压抑感。这里反映了儿童与成年人心性的差异。

我常常想，今天的儿童实在幸运，他们有那么多丰富多彩的读物和花样翻新的玩具，又有设备齐全的儿童乐园、少年活动中心。电视看腻味了，随手打开 VCD；收音机听够了，又换上了“随身听”。但是，他们也有很大的缺憾，就是离大自然太远，也缺乏必要的社会交往。特别是城里的孩子，整天生活在楼群中、围墙里。高层公寓使邻居之间的物理距离紧缩到一两米之内，完全丧失了属于个人的保护性空间。可是，尽管彼此的咳嗽、私语都依稀可闻，见面却形同陌路，心灵世界得不到沟通。有时，碰上了强梁破锁撬门，邻人也视若无睹；相反地，如果哪家遇到了小小的麻烦，或者因种种传闻出现了不虞之毁，便会有一群人扯起耳朵来“包打听”，直到把苍蝇渲染成大象。这种环境，对于正处在心理学称之为开始建立自我意识阶段的孩子，显然是不利的。

活泼贪玩，天真烂漫，原本是生命初期的一种个性的袒露。任何形式、任何动因的限制与禁锢，都会扭曲孩子的心灵，妨害他们健康地成长。如今的父母，对孩子的期望值普遍过高，从登龙门、上虎榜，直到具备音乐、美术、外语、计算机等各方面的才能。可是，由于路子不对头，方法不得当，到头来常常事与愿违，适得其反。

这些方面的才华，至今我无一具备，也许和当年父母没有那样苛刻的要求有关。不过，也有一点好处，童稚时的心灵倒是无拘无束的。尽管其时缺乏优裕的物质条件，一年到头难得穿上一套新装，也吃不着几次糖果，但是，由于没有背负着父母望子成龙的殷殷企望，基本上还能做到自己扮演自己。如今，让孩子长大了当这个“家”，做那个“师”，成为什么什么“长”，已经成为时尚，都不能说没有道理。只是这些梦做得再美满、再高级，无非都是家长的，我们应该鼓励孩子做他们自己的梦。

现在，城里的儿童过早地懂得了许多，却也过早地失去了许多。他们几乎认得出每一个台湾、香港的著名歌星，唱得出许多首流行歌曲，张口闭口离不开金属怪兽，可是，却往往认不出鸽子、麻雀之外的其他禽鸟，分不清月季和玫瑰，麦苗和韭菜，听不到雨后庄稼的拔节声，接触不到松风林籁，涛吼溪鸣。这是一种巨大的缺憾。

人类是自然之子。婴儿脱离了母体，有如人类从树上走向平地，并没有因为环境的改变而与自然隔绝，相反，倒是时时刻刻都在保持着、强化着这种血肉的联系。博大精深的大自然是吸引童心的强力磁场。在那里，孩子们的生命张力能够发挥得淋漓尽致，能够培育出乐观向上的内在基因，激发起探索未来世界的强烈愿望。实在应该创造条件，在孩子们的成长过程中，带他们更多地接触自然，贴近田野，体验山林，以便长大成人以后，心胸能够像大地一样宽广，具有健康的心灵，鲜活的情趣。

记忆中有这样一句话："人之初"镶嵌在大自然里，没有亲近过泥土的孩子，永远不会真正懂得什么是童年。忘记了是谁说的，但它体现了真理性的认识。

村居酒趣

从前的文人走“学而优则仕”的路子，需要晋谒公卿、应酬时务、入朝问政，自然不肯脱离目迷五色的都会；但他们又觉得，要论生活环境的恬适，山林才是真正富有诗意的乐土。两方面都不想放弃，怎么办呢？于是，便想出了一种“城市山林”的理想天地。明代有一位大书法家、大画家文征明，他那个家族，在十五、十六世纪的两百年间，前后六七代人，一直在苏州醉心于园林——城市山林的营造与欣赏。文征明的曾孙文震亨，对于居住生活的空间艺术尤有独到的见解。在其所著《长物志·室庐》篇中写道：

> 居山水间者为上，村居次之，郊居又次之。吾侪纵不能栖岩止谷，追绮园之踪；而混迹廛市，要须门庭雅洁，室庐清靓，亭台具旷士之怀，斋阁有幽人之致，又当种佳木怪箨，陈金石图书。令居之者忘老，寓之者忘归，游之者忘倦。

他说得实在是很好。这段不长的话语，涵盖了三方面的丰富内容：一是列出居住地点的高下等次；二是如果不能寄形山水之间，也没有村居的条件，那就退而求其次——经营好城市山林，使之“具旷士之怀”“有幽人之致”；三是准确地概括出最佳居所的三条标准，这一点颇有价值。

这次，我们几位作家朋友应邀来到山西省的杏花村汾酒集团采风，着实地过了几日“村居”生活，尽情地体味到“诗意的栖居”的雅趣。这里多的是花香鸟语，绿树荫浓，阳光明媚，而少有城市的喧嚣、噪声、拥挤，至于空气的清新、净洁，更非车水马龙、人烟辐辏的城市可比。

这里是酒的世界。不仅品类众多，什么“青花瓷汾酒”“老白汾酒”“竹叶青酒”“玫瑰汾酒”，我难以一一列举，而且环境也殊为雅致。“杏花村里酒如泉”，仿佛一切都和酒发生着联系，甚至连空气里都溢满了酒香。人们笑说，这里的麻雀也有三杯酒量。人就更不必说了。这些耍笔杆儿的作家，尽管不能隶籍“酒中八仙”，但“高阳酒徒”还是大有人在的，于是，就餐餐酒满，日日衔杯，喧呼叫阵者有之，劝酒频频者亦有之。唯一的例外是我，由于酒量有限，从来不敢与人叫阵，只能默默地看着三五朋侪觥筹交错，或者“两人对酌山花开，一杯一杯复一杯”了。

偏偏我又作了十首《杏花村杂咏》的七绝，朋友们便以此为口实，说“李白斗酒诗百篇”，哪有诗人不能喝酒的？我只好一个劲儿地摆手、摇头。开始时大家还有些不信，后来看我一日三餐中的窘态，确认我实在疏于此道，也就作罢。但我自己终归免除不了尴尬。

其实，生活中的尴尬是常有的。几年前，中国作家采风团来到了新疆维吾尔自治区。大家知道，这里有两大独具特色的食品，一是手扒羊肉，二是哈密瓜。作家们向来都是喜欢美味佳肴的，一踏上这片富饶的大地，自然都会饱享口腹之欲，大快朵颐。可是，也有例外，小说家谭谈从小就不吃牛羊肉，他说，爹妈没给留下这份口福。如果说这也属于尴尬，或者是一种遗憾，主要还是来自客观，在谭谈来说，未必感到有多么大的损失，因为他并不晓得羊肉汤或手扒羊肉究竟如何甘美。而另一位小说家焦祖尧，则因为糖尿病忌口，看着那甘如饴、甜赛蜜的哈密瓜和库尔勒香梨眼馋，明明知道瓜果的美味，却点滴不敢入口，这才是真正的尴尬。我开他们的玩笑，说："这真是李莲英遇见了杨贵妃——有贼心没有贼力呀！"

万没有料到，尖嘴快舌的我在杏花村的汾酒面前，终于遭到了报复。我那尴尬的程度，较之当日的谭谈与焦祖尧，有过之而无不及。但祖尧先生总还是厚道的，他深谙这种滋味的难堪，因而只是在一旁微笑着，并不添油加醋。

每当面对这种情况，我往往是自我解嘲。我说，虽然我不能饮酒，但却晓得酒中的乐趣，并且拉出北宋的诗人苏东坡和南宋的诗人范成大做证。苏东坡说："予饮酒终日，不过五合，天下之不能饮，无在予下者。然喜人饮酒，见客举杯徐引，则予胸中为之浩浩焉，落落焉，酣适之味，乃过于客。"范成大的说法更妙："余性不能酒，士友之饮少者，莫余若。而知酒者，亦莫余若也。"

请出两位古代的诗人来"陪绑"，无非是想说：虽然我自己不善饮酒，但喜欢看别人喝。这是实实在在的，当我看到文友们有滋有味地品尝那芳香四溢的汾酒时，我便心花怒放，跟着他们同样地兴奋，同样地酣适。那种甜美的程度，料想不会比当事人差。另外，也想表明，我不能饮酒，但能知酒。经我酌古量今，反复考究，我觉得开怀畅饮之后，一般的是进入三种状态。

第一种是寄怀高远的神仙境界。李太白在《春日独酌》中写道：

我有紫霞想，缅怀沧洲间。
思对一壶酒，澹然万事闲。
横琴倚高松，把酒望远山。
长空去鸟没，落日孤云还。
但恐光景晚，宿昔成秋颜。

道家称神仙乘紫霞而行，因此，古人用“乘紫霞”形容成仙飞升。“沧洲”是息影林泉、高隐不仕者的居所。李白说，喝了酒就有乘紫霞、隐沧洲，脱落人间万事的感觉。把酒望山，倚松抚琴，看鸟飞鸟没，云往云还，那确是一种超然物外的仙家境界。

第二种状态与此有相似之处，但不是脱离凡尘，而是置身于现实之中，尽量保持心态平衡，求得逍遥自在。宋代诗人朱希真有一首《西江月》词：

日日深杯酒满，朝朝小圃花开。自歌自舞自开怀，且喜无拘无碍。　青史几番春梦，红尘多少奇才。不须计较与安排，领取而今见在。

一杯在手，散漫逍遥，自斟自饮，无拘无碍，充分放开自我，尽情地享受现在。

第三种是潦倒模糊的状态。

问狂夫意兴如何？日日模糊，醉舞婆娑。一榻凉风，半窗好月，何肯奔波。世情多一时看破，谢苍天落魄而过，誉也凭他，毁也凭他。贵客王公，我睹么麽！

明代文学家王世贞的这首《折桂令》词，说的是“醉里乾坤大”，人生如梦，一醉方休，什么都不过尔尔。他算是把世情统统看透了。

如果要问我，这三种状态更倾向哪一种？我的回答是，哪一种我也不欣赏。站在地上想上天，做个凡人想成仙。在商品大潮波涛汹涌，物欲横流，人心浮躁的现实条件下，这倒是蛮有诗意、颇为浪漫的，只是哪有可能存在啊，无非是一枕黄粱，甜蜜蜜的空想罢了。自在逍遥，无拘无碍，充分享受现在，这只能是清醒时的心态，一当醉眼蒙眬，甚至烂醉如泥，脑袋早就乱得像一堆糨糊，哪还能有这份闲情逸致？第三种，倒是真实地反映了醉汉们的情态，“日日模糊，醉舞婆娑”。但是，闲待着可以，假如还要舞文弄墨，写点东西，恐怕就难乎其难了。

古人说，美酒饮教微醉后，好花看及半开时。这是颇有道理的。我觉得，理想的状态应是微醺，带着三分醉意，但还有几分清醒。像陶渊明所说的，“不觉知有我，安知物为贵。悠悠迷所留，酒中有深味”，这种状态下，最容易产生灵感，也最容易唤起固有的潜意识，最容易展开丝丝片片、缕缕层层的浮想联翩。灵感、潜意识、联想，这三种功能对于诗文创作是至关重要的，它们会把你平日积累的所有的经验、感悟和智慧充分发掘出来，调动起来，从而把你带入一个新的境界。台湾诗人郑愁予说，一个喝酒的人，活一生过两辈子。我想，里面就包括了这诸多功能的充分发挥。

就说大家所熟知的李太白吧，他的醉饮固然是一种排遣，一种宣泄，一种对于心灵的外在羁绊的解脱，但是，在这位伟大的诗人看来，饮酒就是重视生命本身，就是拥抱生命，热爱生命，充分享受生命，是生命个体意识的彻底解放与真正觉醒。饮酒，使他的情感能量得到成功的转移，一定程度上缓解了精神上的重压，也给他带来了超越时代的持久的生命力和广阔的襟怀、悠远的境界、空前的张力。

知心，人在天涯

“一年容易又中秋。”银盘似的月亮从东天边上升起，窗外，绵邈、青葱的草坪上撒满了月华的清辉，像是铺上了一层晶莹的露珠。草虫欢快地奏鸣着小夜曲，晚风掠过，几树白杨轻轻摇着叶片，发出了萧萧的声响。

对着盈盈素月，我深情地怀想起了远方的友人。

国外是怎样一种情况，我不清楚，反正在我们中华民族的文化传统里，月下怀人，已经成了一个终古长新的课题。古人没有条件通过电波同远在天边的亲人直接对话，折柬投书又谈何容易，便发挥奇妙的想象力，设想在同一的桂魄下，即使彼此远隔天涯，仿佛也能在这一特定情景之下聚首言欢。

于是，南朝宋的文学家谢庄便写出了一篇《月赋》，发出“隔千里兮共明月”的清吟；到了唐代，诗人张九龄引吭高歌：“海上生明月，天涯共此时”，抒发其望月怀远的情愫；北宋大文豪苏东坡更是在《水调歌头》中深情无限地祝颂：“但愿人长久，千里共婵娟”。就着同一的事物，同一的主题，三个朝代的文人，或者作赋，或者吟诗，或者填词，异曲同工，各臻其妙。

楼上，隐隐传出一片节日的欢声；“哗、哗、哗”，不知谁家在“方城”对垒，激战方酣；隔壁的电视机也正在播放着文艺节目。往日，这时节我已经悠然入睡了；此刻，却未现丝毫倦意。拉拢了窗帘，我把电脑打开，点开了 Outlook Express 的图标，随着“小猫”的一声欢叫，联上了网络。我把“新邮件”打开，填好了对方的网址，撰写了“主题”“内容”，通过网络，把“望月怀人”的思绪传递给了远方的朋友。

这时，我忽然联想到：友人会不会恰在此刻也发过来一个“伊妹儿”呢？于是，又轻轻点了一下“接收”按钮，随之便展现了一个界面：“您有一封邮件，正在接收……”打开收件箱，果然跳出一个鲜活耀眼的“伊妹儿”。据说，在互联网上，每一分钟全世界要有几百万、上千万个电子邮件同时发送与传递。而我们的邮件居然在如此浩瀚的精神牧场上互相“撞击”了，真是“身无彩凤双飞翼，心有灵犀一点通”。怎不令人激动，令人狂喜，令人欣慰呢！

友人的“伊妹儿”，原是一封长达两页的节日问候信，也是一篇使人忍俊不禁的漂亮散文。我立刻把它全部下载，打印出来，然后，坐在沙发上轻声地读着：

> ……我们已经习惯在网络上交流、在网络上会面了。我猜想，此刻，你定是同我一样，坐在酒吧间（Windows 98）里，在善解人意的“爱伊”（Internet Explorer）的引领下，畅游这个名为 INTERNET 的虚拟的现实世界，领略那数字化生存的无限风光。

友人学富五车，才思敏捷，生性幽默、风趣，特别喜欢开玩笑。你猜他下面是怎么写的？可真把我逗乐了：

> 效法元代散曲大家马致远《秋思》的笔调，即兴胡

诌几句歪词："今朝花落谁家，知心人在天涯。伊妹传书递柬，无端受杖，深恩怎样酬答？

仿佛友人就坐在对面，娓娓地叙谈着，说来动情，读着亲切。

在网络世界中，"距离"已经失去了固有的含义。想想烽火关河、他乡行役的杜陵叟"寄书长不达""家书抵万金"的悲慨，体味一番前人为与远行的亲友互通情愫而绞尽脑汁，最终不免嗒然失望的衷怀，怎能不为生活在现代的我们得以尽情享受科技进步的成果而感到庆幸和自豪呢！

闲翻产生于公元 8 世纪的日本文学名著《万叶集》，发现茅上娘子的一首抒情诗："愿君长行路，折叠垒作堆。付诸昊天火，一炬化成灰。"原来，她的丈夫中臣宅守被流放到边远地区，相逢无日，信息也无从沟通，她便幻想求助于神祇，将横亘于夫妻间的迢迢长路折叠到一起，然后付诸昊天大火，一烧了之。这样，夫妻就可以消除距离，对面倾谈了。

在我国古代先民中，也曾幻想过缩地术、赶山鞭的神奇法术，流传过一些鸿雁捎书、红叶传情的凄婉动人的故事。前些年，我在云南曾听到一个关于"绿叶信"的传说：从前，一个傣族青年离开心爱的姑娘去外地谋生，相约每个月通一次信。开始，青年把信写在芭蕉叶上，由一只鹦鹉传递。空间的代价是时间，经过一个月，信才传到姑娘手中，可惜蕉叶已经枯萎破碎，认不清一个字了。后来，青年越走越远，便用刀把字刻写在贝叶上，然后交鹦鹉衔回。足足经过一年，姑娘才收到信，幸好上面的字迹还清晰可辨，只是其时青年早已返回到家里。贝叶刻经，据说就是这样发明出来的。试想，那时如果像今天这样，他们两人都成为"网虫”，各自拥有一只“鸡”（计算机）、一只“猫”（调制解调器）、一只“鼠”（鼠标），尽可在夜深人静之时，让那个柔情似水的“伊妹儿”充当递柬的红娘，结一番“网上情缘”。那样，也就不会经历那种“信寄经年”的想望之殷、熬煎之苦了。

在尽情享受着网络交流的快捷的同时，我和每个“网虫”一样，还拥有网络时代的海量信息。网上，确实是一个精彩、神奇的世界。只要点开“搜索”的引擎，我们的眼前便仿佛展开一个光怪陆离的万花筒。我观察过昙花的开放过程，在扁平的叶状新枝的边缘，翠玉般的花蕾竟和电影特写镜头里的一模一样，次第地展开了，层层花瓣上的每根筋络都在拼力地舒张，似乎要把积聚多年的心血倾泻无遗，把全部的美感和爱心奉献出来。网上信息的展现同花蕾的绽放有些相似，也像是要在美妙的时刻，毫无保留地向“网虫”们展示出全部的珍藏。

心房疾速地搏动着，手指在键盘上轻快地起落着，一个个窗口被敲开，以复杂的感情、诧异的双眼，扫描这里，窥视那个，充满了冒险、猎奇的快感。此刻，颇像童年时期悄悄地从家里的后门溜出，跑进一个未曾寓目的崭新天地，尽情地浏览着。在现实空间越来越狭窄的情况下，人们竟能在这里开启一扇精神之门，剥离物质世界五光十色的表象，回归人文精神的家园，释放一下现代人过重的精神压力，放飞那不无沉重的浪漫，展示着不倦的追忆，去践履那没有预定的心灵之约，多一份对人生的感悟，多一份创造的激情。

有时我也感到惊讶，曾几何时，还在向旁人询问 DOS 的基本命令，练习 WPS 的排版技巧，仿佛一夜之功就闯入了网络时代。

呼呼啦啦地筹划着调制解调器的安装，浏览器的使用，新邮件的收发……应该承认，我们确实是在尚未做好充分准备的情况下，迎接了计算机化、信息化、网络化的到来。面对着这一系列新的技术、新的知识、新的挑战，真有如刘姥姥懵里懵懂地闯进了大观园。

网络，作为一种无法逃避的生存状态，一种加速度的内驱力，正在营造一个与现实不同又紧密结合的虚拟世界，使人们跨越了时间与地域的界隔，迈向无限的自由空间，自然也改变着思想和行为方式。就这个意义说，同网络的结缘，与其说是工具的变换，毋宁说是观念的更新。它使人记起了丘吉尔的话：人们改变世界的速度总是快过改变自己。

事物，通常都是利弊互见的。有人把因特网比作潘多拉的魔盒，人们在充分享用这一技术创新所提供的种种便利的同时，也难免要承受它的负面效应带来的尴尬。一般地说，在浩瀚的虚拟空间里，人们的心灵既变得容易沟通，也完全可能逐渐走向自我封闭。由于网络的程式化、通用性，容易使人失去特点，泯没个性。上了网，人就幻化成一个以“比特”为单位的符号，一种虚化了的角色，有时，甚至会忘怀那个真实存在的自己，也便远离了现实世界。

运作快捷、量化分割的结果，是过程的简化，情感的弱化，那种温馨、甜蜜的韵味，人与人之间交往的亲切气息，也会因之而变味。假如我们不时时警惕，自觉地和它对抗，就会把鲜活的感情变得生硬呆板，面临着异化的难堪。有如在机制面条布满餐桌的情况下，更多的人仍然钟情于手擀面条；戴上亲人织出的手套，其感觉总和市场上买回的大不一样，尽管它们的保温效果未必有什么差别。同样，邮件的快速传递，终究代替不了那种“草草杯盘供笑语，昏昏灯火话平生”的促膝谈欢的陶然情味。

月亮已经升上了中天，大地一片寂然。我想象着友人此刻也一定还在周游着网络的虚拟世界。既然人生最苦伤离别，而“千里离人思便见”又不过是《胡大川幻想诗》中的一种虚空的想望，那么，这种万语千言瞬息可通，地远天遥须臾便至的快捷传递，就不失为优化的抉择，堪称现代人的科学的杰作。我绝对相信，只要人们在探索，在创新，总会展现出日臻完善的前景。

因之，对于网络世界，我还是一往情深。

回头几度风花

一

这是一个落红成阵的傍晚。

一丛丛金英翠萼的迎春花，正开得满眼鹅黄，装点出枝枝新巧，小桃红也忙不迭地吐出了相思豆一般的颗颗苞蕾。而堤畔的杏林花事已经过了芳时，绯桃也片片花飞，在淡淡的轻风中，划出美丽的弧线，飘飞在行人的眼前，漫洒在绿油油的草坪上，坠落到清波荡漾的河渠里。

面对着这种残红万点的景色已经不知多少次了。印象最深的，是小时候到姨母家去，时光不比现在晚多少，我却已经换了单衫了，是月白色的土布做的。路过一处桃园时，空中没有一丝风，缤纷的花瓣飘落在布衫上，一片叠着一片，乍一看，像是绣上去的细碎的花朵。妈妈在前面几次三番催我快走。我说，走不得，往外一走，我的绣花衫就又变成白布了。最后，索性站在桃林深处，一动不动，享受着大自然的美的赐予。

可是，等我们几天后回家，再度经过这里，已经是繁英落尽，绿叶蒙茸了。果真是“少年不识愁滋味”，当时，暗诵着王安石的“春风取花去，酬我以清阴”的诗句，觉得大野芳菲如此幻化无穷，确是蛮新鲜的，一时竟抑制不住心头的兴奋。当时实在不能理解，那些文人骚客对着绿暗红稀，居然愁绪茫茫，究竟所为何来。

还有一次，是“文化大革命”后期，我已经开始体悟到中年情味了，其时被抽调到偏远的山区去参加“改造落后队”的实践，当然，落脚点还是要改造我们这些“臭老九”的小资产阶级思想。时间是一年，种地之前农闲时期进村，到次年的大忙季节返回。

任是再困难、再落后的荒村僻野，春风也照样吹开了冻土，我们便挥起镐头，刨那些秸棵割掉后留下的茬子，或者一担担地往地里挑粪，晚上还要顶着星星月亮，开那滚滚滔滔、无休无尽的会。一天过后，累得连炕都爬不上去。尽管这里水媚山娇，风情万种，人们却没有半点赏花玩景的心思，每天连脑袋都懒得抬一下。

可是，突然有那么一天，早晨出工时，我不经意地发现路旁的杏花残瓣正在随风飘落，不禁心神为之一振。这倒不是由于清景撩人，逗发了什么诗兴，只是想到杏花落了，表明春天已经来过多时，眼看就要开犁种地了，我们也即将脱离改造身心的环境，告别这种繁重的体力劳动了。

二

有人说，花朵是沟通大自然与人的心灵的一种不需要翻译的语言。借助花朵的昭示，人们能够体察到天地造化中的灵性，感知自己灵海的波澜、心旌的摇荡。也许果真是这样，但我自己的体会不深。只觉得年华老大之后，面对着残红委地、落英缤纷的衰凉景色，总有些“春归如过翼”，“流年暗中偷换”的丝丝怅惋。

在这方面，我们不能不佩服宋代女词人李清照感受力的敏锐与表现力的高超。她在一首调寄《清平乐》的词里，通过她在梅花面前的表现，刻画出自己青少年、中年、晚年心态的变化。

“年年雪里，常插梅花醉。”此时她在汴京，正处于待字闺中和新婚燕尔的时节，每当雪飘飞絮、梅吐清芬之时，她总要满含着盈盈笑意，如醉如痴地把那独占春先的梅朵插在青丝秀发上。一个“醉”字，就把小儿女春闺嬉戏的情景刻画得活灵活现。

待到哀乐杂陈的中年时节，她这个情感极为丰富的才女，更由于被丈夫疏远而无亲生子嗣，变得郁郁寡欢，了无意绪了，“挼尽梅花无好意，赢得满衣清泪”——一边揉搓着寒梅的花朵，一边想着心事，不觉清泪沾裳。

下片写她在汴京沦陷、丈夫病逝之后的晚年心境：“今年海角天涯，萧萧两鬓生华。看取晚来风势，故应难看梅花。”在这里，人与花的命运是相互照应的，花犹如此，人何以堪！“看取晚来风势”，也正是词人审视自己晚年颠沛流离的处境和国亡家破的形势。

无独有偶，大约过了七十年，南宋另一位著名词人蒋捷写了一首《虞美人》词。说不清楚是妙手偶得，不谋而合，还是吸收、借鉴，探骊得珠，达到同鸣共振，反正除了他是以听雨为线索，与李清照以梅花为线索略有差异外，在整个谋篇布局、意蕴提摄方面如出一辙，甚至句式、段落也完全一致，都是上片写青壮年，下片写晚年，各为四句。他们都是以高度简洁、概括的手法，通过一种眼前的意象，刻画出曲折的人生经历，以及随着时空变换而呈现出的三个阶段、三种心态。

“少年听雨歌楼上，红烛昏罗帐。”绣帏低掩，烛影摇红，绮罗芗泽，写尽了少年时代恣情游冶，逐笑追欢，无忧无虑的放浪生活。迨至壮年，就在客舟中听雨了，“江阔云低断雁叫西风”。笔端极度渲染了西风雁唳之中，风雨兼程、飘游江海的悲凉心境。与少年时代昏卧温柔乡中、红罗帐里，恰成鲜明的对比。

“而今听雨僧庐下，鬓已星星也。”老去情怀本多孤寂，又兼息影僧庐，羁人偏逢夜雨，自然是倍感凄清、愁苦。“悲欢离合总无情，一任阶前点滴到天明。”人生悲喜无常，离合难定，哪里有心绪去听那淅淅沥沥，通宵不止，仿佛点点滴滴都敲在心上的雨声，索性由它去吧。

道是无情还有情。说是不听，实际上心思并没有真正放下，甚至是牵肠挂肚，彻夜不眠。若不然，怎么会知道雨声“点滴到天明”呢？象征性地描绘出了国事蜩螗，生涯愁苦，萦萦难以去怀的故园心眼。语似解脱，实际上却是沉痛至极。

三

同是落英缤纷的春晚，同是漫步在“桃花乱落如红雨”的芳林里，一样的飞花片片，此刻，我的心境却与少年时节迥然不同。仿佛行进在霏霏细雨之中，耳畔听得见那似近似远、疑幻疑真的时间的淅沥，像是丝丝缕缕、点点滴滴都飘落在寂寥的心上，切实地体验到一种流光似水、逝者如斯的感觉。我相信了，细雨真的是一种撩拨思绪的弦索，雨丝织出来的“情绣”常常是对于往昔的追思。何况，而今人过中年，正处在对于韶华不再最为敏感的年纪。

一般来说，伴随着人生阅历的增加，人们心目中的宇宙似乎在不断地向外扩张开去，而从个体生命的角度看，人生的风景却在这种扩张中相对地缩微、收敛。从前曾经喧嚣灵海的汐潮，在时序的迁流中，已如浅水浮花，波澜不兴了；许多生活的图像，或则了无踪影，或则漫漶模糊，在心灵的长期浸染下，它的釉彩也会变得斑驳不清，成为一种前尘梦影，旧时月色。

岁月无情，它每时每刻都在销蚀着生命；自然，它也必不可免地要接受记忆力的对抗——往事总要竭力挣脱流光的裹挟，让自己沉淀下来，留存些许痕迹，使已逝的云烟在现实的屏幕上重现婆娑的光影。而所谓解读生命真实，描绘人生风景，也就是要捕捉这些光影，设法将淹没于岁月烟尘中的般般情事勾勒下来。

回忆是缠绵在中老年人身上的一种痼疾，说得好听一点，它是这个人群特有的专利。它常常是重新感受年轻，追忆逝水年华的一种无可奈何的心灵履约，是对于昔日芳华的斜阳系缆，对于遥远的童心的痴情呼唤，当然，也是对于眼前的衰颓老病所造成的心灵创伤的一种无可奈何的调适与抚慰。

普通的人们毕竟还都天机太浅，既不具备佛禅的顿悟，也没有道家坐忘的功夫，总是像《世说新语》中说的“未免有情”。因此，在回首前尘，也就是重新展现飞逝的生命的过程中，在感受几丝甜美、几许温馨的同时，难免会带上一些淡淡的流连，悠悠的怅惋；而且，由于想象中的完美和过于热切的期待终究代替不了实际上的近乎无情的变换，所以，回忆常常带有感伤的味道，“于我心有戚戚焉”。

当然，回忆终究是有价值、有必要的。心灵慰藉之外，回忆还有更深一层的意义在。“前事不忘，后事之师。”人们可以通过平静而真切的回忆，去解读那多彩多姿的生命流程，揭示已不复存在的事物本相，汲取宝贵的人生经验。如果再进一步，能够把它写在纸上，形诸文字，那就无异于重现一个个鲜活的生命真实，描绘出种种生灭流转的人生风景，这对他人、对来者都是很有意义的。

四

不过，事情常常不像想象的那样简单。早在一千一百多年前，玉溪生就在《锦瑟》诗中慨乎言之：“此情可待成追忆，只是当时已惘然。”当时就已惘然，何谈事后追忆！况且，追忆终究属于想象的领域，它是在时空变换条件下的一种新的综合，新的加工。许多飘逝了的过眼云烟，通过回忆，获得一种以新的形态再次亮相的机缘，包括有些当时并不具备，而是由追忆者赋予它的新的意蕴，新的感受。

不要说凡是追忆都或多或少、或显或隐地夹杂着本人对于过往情事的重新诠释，即使是当时，由于各个当事人诸多方面的差别，也往往是“智者见智，仁者见仁”，记其所见，而略其所未见。即如朱自清与俞平伯两位文学大师，原是同时同地，同在桨声灯影里畅游秦淮河，可是，他们所感知、所记述的，却是或抒诗怀，或重“主心主物的哲思”，存在着明显的差异。因此，无论回忆也好，捕捉光影、勾勒情怀也好，充其量只是粗略的素描，或者带有主观色彩的感悟，而绝非摄影机下原原本本的照相，更不可能是那种记录三维空间整体信息的全息影片。

当然，就算是原原本本的摄像或者全息影片，又怎么样？年光已经飞鸟般地飘逝了，留下来的只是一个个空巢，挂在那里任由后人去指认、评说。有人说得更为形象：照片这东西不过是生命的碎壳，缤纷的岁月已经过去，瓜子仁儿一粒粒咽了下去，滋味各人自己知道，留给大家看的唯那满地狼藉的黑白瓜子壳儿。

家　山

一

盛夏的一天，我同三位文友聚坐在北京地坛的一间小亭子里。一番豪雨过去，松林里的空气格外凉爽、清鲜。大家谈论的话题，是退休后到哪里觅个舒适的住所。诗人G女士说，烟台最为理想，碧树隐红楼，一枕清幽，春季繁花簇簇，夏天浓荫翳日，冬日又比较暖和。D兄是写电视剧的，来自云贵高原，他的首选是春城昆明。散文作家V先生则主张在地坛附近赁屋小住，风晨月夕，伴着虫吟鸟噪，到这里来信步闲游，但马上遭到了质疑，都说他是受了史铁生的影响。地坛确已成为史氏生命的组成部分，可说是注入了全部情感和意蕴，但其他人则未必受得住那份苍凉与落寞。

大家谈笑风生，颇有一种孔门四子“各言尔志”的意趣。见三人的目光转向了我，便说，我要返回东北，卜居医巫闾山之下。

我出生在闾山近旁，可是，故乡影像在我少年橙色的梦里，却并不是很清晰、很确切的，一切兰因絮果毕落于苍茫之中，只觉得家就是山，山就是家。记得小时候，只要推开屋舍的后门，闾山的清凌凌、水洇洇的翠影，伴着天涯云树，便赫然闪现在眼前，当然，最好是在久雨新晴的夏日，或者气爽天高的初秋。天穹蔚蓝而高远，雪白的云朵，像羊群、棉絮一般，舒卷着，游荡着，转瞬间就变换一个新样。山峦、陵谷间饱绽着新鲜，充满了泼辣的生意。

我第一次亲近闾山，正逢梨花开得正闹的时节。山坡上，原野里，到处泛滥着浩荡的春潮，浮荡起连天的雪浪。我们乘坐的马车沿着一条蜿蜒曲折的土路穿行于花树丛中，像是闯进了茫无际涯的香雪海，又好似粉白翠绿的万顷花云浮荡在头顶上。马车跑着跑着，顺着一道斜坡疾速驶下，那花海花潮涌起的冲天雪浪，仿佛立刻要把整驾马车吞没了。而当马车再次爬回到坡岗上，那梨花的潮涌，拥着一团团、一簇簇的雪浪花，又像是顷刻间齐刷刷地退落到地平线以下。

几十年间，这个景象始终定格在我的记忆之窗上，只要一闭上眼睛，便立刻浮现在眼前，特别是当我听到那首名歌《喀秋莎》的时候。年轻时，我喜欢独自哼唱这首苏联名歌。只要“正当梨花开遍了天涯……”溜出了唇边，一种轻纱薄雾般的温馨感便仿佛导引我返回医巫闾山脚下的故乡。

早在先秦典籍《周礼》中，即有关于全国名山“五岳五镇”，东北为幽州，其山镇为医巫闾的记载。“医巫闾”系东胡语音译，意为“大山”，在东北三大名山中尤负盛誉，风景绝佳，历代文人骚客登临寄兴，述志抒怀，留下了大量脍炙人口的诗文。

本来，较之于水，山更切近禅关，远于人境，望之辄有潇洒出尘之想。而此间瘦劲的奇松，幽峭的危岩，以及恍惚迷离、颠倒众生的神话传说，更饶有一种清寒入骨的丰神和超然远引的意蕴。

在人类生活中，山是不可分割的一部分。无论是石器时代、青铜时代还是铁器时代，先民们每前进一步，都会感到山是和人一道存活着的。特别是在那类开天神话中，山更被赋予了新的精魂，具有一种人格化的、超自然的蕴含。说到不周山，人们会联想起那个天崩地坼中的英雄共工；而庄周笔下的藐姑射山，则是超然世外、无己无功的哲学的物化。

由于大山高插云霄，上接穹宇，常被认为上达天神的最佳阶梯；而从它的巨大体量和坚劲的线条中，则能读出对于人的藐小与软弱的嘲弄。因此，自古即有"大山崇拜"的习俗。最典型的当数泰山，其次，恐怕就是医巫闾了。隋唐以降，历代帝王对医巫闾山都有封爵，唐代封为广宁公，金代、元代晋封王位，明、清两代诏封神号。自北魏文成帝开始，历朝凡遇大典，都要由皇帝亲临或委派官员登山致祭。单是清代，包括康熙、乾隆在内，就有五位皇帝多次朝觐过闾山。

二

当我们翻检史册时，一定会注意到，历朝历代中，同医巫闾山关系最密切的应该算是辽王朝了。对于这座名山，契丹人似乎葆有一种先验的特殊的情感。公元 10 世纪之初，医巫闾山即已显现其鲜明的区位优势，它是经略东北、联结漠边、沟通海外、雄视中原的战略要地。加之物产丰富，文化发达，辽王朝视之为挥师南进与北宋王朝争衡的可靠后方和理想跳板。至今，在闾山上下方圆几十公里的范围内，仍然遍布着许多辽王朝的历史文化遗存。就中以埋葬耶律倍的显陵最为重要。

耶律倍是辽朝开国皇帝耶律阿保机的长子。公元 916 年，阿保机立国称帝，是为辽太祖。册封耶律倍为太子，确立了阿保机一族世袭皇权的统治。公元 925 年，辽太祖率兵亲征渤海国，皇后、太子随驾东征。次年攻占王城上京，国王投降，渤海国改为东丹国。耶律倍被封为东丹王，主其国事。所有制度，悉用汉法。

耶律倍自幼聪颖好学，向往汉族封建文明，对于汉文化有很高的修养。他曾将万卷图书藏于医巫闾山绝顶的望海楼，朝夕诵读。一次，辽太祖征求臣下意见：事天敬神，应以何为先？侍臣“皆以佛对”。耶律倍力排众议，说：“孔子大圣，万世所尊，宜先。”太祖大悦，诏建孔庙。他还在闾山脚下，纳汉族医师高洁行之女云云为王妃（俗称高美人）。由于他平生十分景慕唐代大诗人白居易，每通名刺，辄拟名“乡贡进士黄居难字乐地”，以自比于白居易字乐天。

公元 926 年，辽太祖死于东征渤海国的回军途中，述律皇后宣布由她亲自当国，总摄军国大事。《新五代史》记载：“述律为人多智而忍。阿保机死，悉召从行大将等妻，谓曰：‘我今为寡妇矣，汝等岂宜有夫！’乃杀其大将百余人，曰：‘可往从先帝。’”其实，是要以此为借口，铲除朝中的异己势力，以便为所欲为。紧接着，她就置先帝遗命于不顾，硬性干预，由手握重兵的次子耶律德光继承皇位，是为辽太宗。

耶律德光即位后，担心其兄耶律倍联合渤海遗民起来反抗他，便对其严加控制，采取了一系列的防范措施，最后把他安置在东平郡（今辽阳市）。耶律倍为了全身远祸，将王妃萧氏和长子耶律阮留在东平，只带爱妃高美人回到闾山过起了隐居生活。他选择桃花洞这块地方修建了一所宅院，并在闾山绝顶构筑读书堂，日夕攻书作画，吟诗抚琴，游览山水，还翻译了《阴符经》。他所画的《骑射图》《猎雪骑》《千鹿图》等画卷，都为宋朝秘府所收藏。在我国绘画史上，耶律倍对于辽、汉文化艺术的交流发挥了积极作用。

《骑射图》现藏于台北“故宫博物院”，是一幅契丹贵族射猎者的肖像。在一匹装饰得很华丽的骏马前面，站立着一位“鬓发左衽”的中年契丹贵族。他腰挎虎皮箭筒，手持雕弓，陷入沉思之中。画风细腻、典雅，与契丹墓室壁画粗犷的风格迥然不同，表明画家受中原汉文化的影响颇深。作为有代表性的北方草原民族画家，耶律倍师法唐时的韩幹，特别擅长画马。画中之马为蒙古种，身躯低矮，长胴短脚，十分硕健。宋人黄休复评论其作品：“骨法劲快，不良不驽，自得穷荒步骤之态。”

但是，树欲静而风不止，耶律德光对他的监视日益严紧。为了避祸，也为了更好地接受汉文化的熏陶，耶律倍应后唐明宗之召，于公元 930 年，偕同高美人于辽东半岛南端渡海逃遁，径至汴梁。在离开故国时，曾立木刻诗，抒写其孤危境遇和凄苦的怀抱：

小山压大山，大山全无力。
羞见故乡人，从此投外国。

东丹王的弃国流亡、中原避祸，再恰切不过地揭示了在武化面前文化的无奈与无为，这在历史上大概也不是特例吧。

后唐明宗很器重他，用天子仪卫迎接，委任他为节度使，赐姓李，名慕华，后改赞华。六年后，为末帝李从珂所杀害，时年三十八岁。公元 947 年，其长子耶律阮继辽太宗即皇帝位，将其灵柩运回辽朝，以天子礼葬于闾山脚下，谥为“让国皇帝”。

说到耶律倍的惨痛遭遇，使人想起印度著名史诗《罗摩衍那》中的古代十车王的太子罗摩。十车王听了一位王妃的挑拨，改立次子婆罗多为太子，反把罗摩流放到大森林里去。但婆罗多却不像耶律德光那样狠毒，他非常仁爱，想方设法要追回哥哥，把王位交还；实在找不到了，就拿哥哥的一双靴子放在宝座之上，自己算是临时摄政。后来，罗摩终于回来了，弟弟便把王位交回。

辽代帝王的陵墓群，位于闾山脚下、距城 10 千米的龙岗村。以显陵和乾陵为主陵，另有十三座附陵。显陵为耶律倍终古长眠之地，附于显陵的有耶律倍的长子、辽朝第三代皇帝辽世宗及其三弟平王耶律隆先、四弟晋王耶律道隐的陵墓。乾陵葬有耶律倍的孙子景宗皇帝及其妻子萧绰，即摄政二十七年，卓有建树，在中国历史上具有重大影响的杰出的女政治家承天皇太后。附于乾陵的有景宗的子孙耶律隆庆、耶律宗政、耶律宗允等多人。辽代著名政治家、宰相耶律隆运（汉名韩德让）和后来做了金人俘虏的辽朝末代皇帝耶律延禧也都葬身于此。

就这样，自创国之初以迄呼唤改革的中叶，直至晚岁播迁，契丹皇族特别是耶律倍一支，与医巫闾山胶葛重重，历时长达二百年之久。

闾山自东北逶迤西南，绵延百里。其地为塞外草原文明与农耕文明，游牧民族文化同汉族封建文化交融互汇的结合带，也是儒学与佛、道、萨满各教激荡、糅合的角斗场。如果说“整个内蒙是古代游牧民族的历史舞台”，呼伦贝尔草原“是他们的武库、粮仓和练兵场”（著名历史学家翦伯赞语），那么，医巫闾山一线则是他们研习中原文化、接受华风洗礼的大课堂。

闾山原为我的旧游之地，可是，我从来没有把它同辽文化联系起来加以研究。这次借会议之便，勘踏了龙岗村辽代帝王墓地。面对着荒坟断碣，不禁感慨系之，即兴成七绝三首：

荒冢残碑迹未销，自将勘踏认前朝。
强爷无奈儿孙弱，狗尾赓貂葬晚辽。

操戈同室叹阋墙，胜败同归一土囊。
陵谷翻移成幻梦，苍山无语瞰兴亡。

依旧灵山似画图，当年胜迹尽萧疏。
完颜耶律风吹浪，世上升沉一辘轳（陆放翁句）。

三

辽朝以来，此间文风夙盛，耶律倍和他的八世孙、元朝宰相耶律楚材先后在闾山佳胜处建立了读书堂，殿宇岿然，书香袅绕，千载以还，旧貌一直保持完好。也可能是忆及先祖的皇皇盛业吧，耶律楚材对于医巫闾山有着深厚的感情，《湛然居士文集》收录的七百多首诗作中，忆及闾山的竟有二十来首。原来，他虽然出生于北京，祖籍却是在闾山西麓。十几岁时，他曾回到闾山读过几年书。后来辅佐元太祖万里西征，而闾山旧隐仍然时萦梦寐，有诗可证：“十载残躯游瀚海，积年归梦绕闾山。”“闾山旧隐天涯远，梦里思归梦亦难。”回到大都之后，久居宸翰，日理万机，但闾山依然刻刻在念。他想望着回归退隐：“北阙欲辞新凤阁，东州元有旧闾山。”“何时致政闾山去，三径依然松菊寒。”

只是他的这个愿望始终未能实现，直到五十四岁生命终结的时候，他还在宵衣旰食，勤劳王室。这有些类似当年的卧龙先生。离开隆中时，诸葛亮还嘱托弟弟：“汝可躬耕于此，勿得荒芜田亩。待我功成之日，即当归隐。”谁知，命运之神搬了个道岔儿，出师未捷身先死，星殒秋风五丈原。时间在他身上停止时，正好也是五十四岁。两个人的相业、德行堪可比并，他们都是中华民族史册上的伟大政治家。

从耶律倍开始，中经许多将相名臣特别是耶律楚材踵事增华，发扬光大，文化种子流布开来。闾山内外，碑碣如林，题刻触目可见，仅北镇庙即有五十六座诗文碑，其中，元代的达十二座。过去这一带私塾多，读书人多，藏书家多。现在，文化教育事业仍很发达，民众十分重视人才的教养，学书作画蔚成风气。20世纪80年代中期，他们在闾山举行过一次国画节，我有幸躬逢其盛，曾口占七绝二首：

千载文华一脉延，春工彩笔两争妍。
画图省识神州骨，百幅云绡半写山。

健美鲜灵入目新，画坛接力有来人。
山城二月愁寒雪，笔底千花占早春。

山里民风淳朴，似乎较少世故与机心，只是由于过分质直、认真，有时不免透出几分呆气。当地流传着这样一个趣话：

有个过路人向一位老者问询：“到大观音阁还得走多长时间？”老者瞠目不答。问路人以为遇见个聋子，便顾自向前走去。不料，刚刚迈出几步，便听老者在后面招呼："回来，我告诉你！"只见他向山那边指了指，说："再有一袋烟工夫就到了。"那人怪他开始时何以漫不作答，他说："因为当时我不知道你的步子多么大。"逗得问路人"扑哧"地笑了。

不到闾山，已经十几年了。这次参加《耶律楚材传》研讨会，旧游重到，风物依然。在商品大潮滚滚滔滔、无远弗届的今天，山上山下仍是清幽雅静，整洁一新，没有看到其他名山胜境常见的香烟缭绕、市声鼎沸的景象，置身其间，确有一种回归自然、陶然忘机的感觉。东道主嫌游人稀少，希望我能帮助向外宣扬一下。我说，天生丽质少人识，未必就是坏事。假如它也像有些景点那样，仕女如云，摩肩接踵，恐怕这块心灵的憩园也就化为乌有了。

这次回到家山，也留下一点遗憾，就是耶律倍的读书堂我没能蹑履亲登，因为它高踞于闾山绝顶，实在太险峻了。比不得皇太子东丹王，当日他是有肩舆代步的，而且，年龄也小我很多，不过二三十岁。事后反思，觉得堪资解嘲的是，像这类需要仰头方可逼视的事物，毕竟离平常心太远，因此，不去攀缘也好。

神圣的泥土

一

昔日的顽憨少年，一回头，已经华发盈颠，千般都成了过去，一股脑儿地进入了苍茫的历史。

而我儿时的亲热伙伴——双台子河，这漂流着我的童心、野趣的河，带领我回归“家”的审美之途的河，却还是那么姿容韶秀，静静地载浮着疲惫了的时间，滚滚西流。那清清的涟漪，汩汩的波声，亲昵依旧，温馨依旧，日日夜夜、不倦不休地喁喁絮语。只是不晓得，她是向远方的客人述说着祖辈传留的古老童话，抑或是已经认出了我这当年的昵友，尽情倾诉着蓄积了半个世纪的别绪离情。

游子归来，原都是为着寻觅，有所追怀的，更何况在这冷露清秋时节，在这忽而霏霏，忽而潇潇，忽而滂沱的秋雨里。此情此景，无疑是催发忆念与遐思的一种酵母剂。带着深沉的凉意，荒疏的逸趣，它使望中的一切都变得具体了。

“我们回家吧！”每当读到科普斯这句简单不过的话，我都觉得它圣洁，亲切，警策，灼人。此刻，我正在还乡的路上。“人老莫还乡，还乡须断肠。”面对着熟悉而又陌生的一切，我忆起了“弃我去者不可留”的悠悠岁月，忆起了童年，忆起了母亲，默诵着艾青的诗句：“为什么我的眼里常含泪水？因为我对这土地爱得深沉……”

是呀，自从我离开了故园，也就割断了同滚烫的泥土相依相偎的脐带，成了虽有固定居所却安顿不了心灵的形而上意义上的漂泊者。整天生活在高楼狭巷之中，目光为霓虹灯之类的奇光异彩所眩惑，身心被十丈埃尘和无所不在的噪声污染着，生命在远离自然的自我异化中逐渐地萎缩。真是从心底里渴望着接近原生状态，从大自然身上获取一种性灵的滋养，使眼睛和心灵得到一番净化。由此，我懂得了，所谓乡情、乡思，正是反映了这种对生命之树的根基的眷恋。

当然，我也清楚地知道，故乡的一切并非我所独有。就说这多灾多难又多姿多彩的双台子河吧，不知有多少人从小就吸吮过她的乳汁；然而，对于她的每个游子来说，她又是百分之百的心灵独占，而绝非多少万分之一。

二

东坡先生有两句诗：“三杯软饱后，一枕黑甜余。”自注：“俗谓睡为黑甜。”至于为什么“睡为黑甜”，梦乡就是“黑甜乡”，他没有说，后来的词典也没有解释清楚。

经过一番苦想，我倒从“俗谓”二字中悟出来一点缘由：因为泥土的梦是黑甜的。不食人间烟火的神童仙女不去说他，俗世的凡人都是从泥土中长大的，未曾做过泥土的梦的人，怕是很少吧?

泥土，也许是人类最后据守的一个魂萦梦绕的故乡了。纵使没有条件长期厮守在她的身边，也应在有生之年，经常跟这个记忆中的“故乡”作倾心、惬意的情感交流，把这一方胜境什袭珍藏在心灵深处，从多重意义、多个视角上对她作深入的品味与体察。

通过回忆，发挥审美创造的潜能，达到一种情感的体认，一种审美意义的追寻，把被遮蔽的东西豁然敞开，把那本已模糊、漫漶的旧日情怀，以生动鲜活的图式化外观展现出来，烙印在心灵的屏幕之上。

可是，人们有个坏习惯，就是长大了之后常常忘记本源，我也同样。一经走进青涩的年岁，我们便开始告别泥土，进城读书、谋事，尔后竟然掉头不顾，一眨眼就是几十年。离乡伊始，游子们还常常通过泥土的梦境向故乡亲近、靠拢，随着时日的迁移，“忘却的救主”降临，便渐行渐远渐模糊了。久而久之，个人时空全部为公共时空所分割和占领，连那种模糊的影像也不复在梦中出现了。偶尔机缘凑巧，故乡重到，也是坐在车里，从柏油马路上疾驰而过，然后，就一头钻进直耸云霄的大厦高楼里，根本想不到还有亲近泥土这码事。

亏得这次参加了中国散文学会组织的盘锦采风团，也亏得连宵的风雨使陆路车行不便，改为泛舟河上，使我有机会尽览三角洲湿地的无限风光。环境、氛围十分理想，这是那种撩拨诗怀、氤氲情感的天气，它没有晴空一碧那样的澄明或者迅雷疾风般的激烈，而是略带一丝感伤意绪的缠绵悱恻。飘飘洒洒的雨丝风片，缝合了长空和大地，沟通着情感与自然。

轻舟在微荡涟漪的双台子河上静静地漂游着。望着水天无际的浩浩茫茫，蓦地，我涌起了缕缕乡思。我对作家同行们复述了母亲那句“不亲近泥土，孩子长不大”的话，深得采风团团长林非先生的赞同。或许由于对泥土的情怀过于热切了吧，船刚刚靠岸，我就第一个冲向雨幕，跳上堤边，急匆匆地踏上这阔别数十载的泥土。可是，两脚没有站稳，一个大滑溜，便闹了个仰面朝天，彻头彻尾地与泥土亲近了。

见我突然滑倒，几个小伙子赶忙跑过来把我拉起，发现除了满身挂了“泥花”，并没有丝毫伤损，大家才放下心来。调皮的小老弟红孩忽然来了一句:“没有亲近过泥土的孩子是长不大的。”逗得同行们哈哈大笑。于是，一路上这句意味深长的话便乘着一波又一波的笑浪浮荡在所有人的耳鼓里。

三

这里地当双台子河入海口，没有沉甸甸的历史记忆，积淀了久远而深厚的冷落与荒凉，自然也饱藏着开拓和创造的无穷潜力。

这里蕴蓄着强大的生命力，本能地存在着一种热切的生命期待。

这里的泥土肥沃得踩上一脚就会“滋滋”地往外流油，她是一切生命翠色的本源。任何富有生机的物质都想在她肥腴的胴体上开出绚丽之花，而这绚丽的花朵则是这黝黑泥土的生命表现。

当东风吹拂大地，双台子河重新唱起流水欢歌的时节，她便睁开蒙眬的睡眼，充满着柔情蜜意，慢慢地舒展腰肢，以一种天生的母性亲和力和生命活力为乡亲们奉献出源源不竭的物质资源和精神财富。

为一种世间罕见的迷人景观，大家突然齐声惊叫起来。这是一种名为“碱蓬棵”的野生植物，经过海水浸泡，入秋之后变得通体透红，光华炫目，在河岸两旁铺上了绵绵无际的“红地毯”。存在自身的表现力，向来都是超过语言的。尽管一路上已经听过了当地同行太多的渲染，而且也在画册上欣赏过它的壮美风姿，但是，当脑子里的奇观胜景突然展现在眼前化作一种真实的存在，这“红海滩——红地毯”还是令人惊赞不已，每双眸子都像傍晚的街灯一样，齐刷刷地亮了起来。

与红海滩恰成鲜明对照的，是绿到天边的滔滔苇海。“芦花千顷水微茫，秋色满江乡”，南宋词人陈亮的名句在这里有了着落。蒹葭苍苍，翠野茫茫，不知何处是岸。幸好有一条曲曲折折的栈桥把游人引向了碧波深处，苇花芦叶轻拂着面颊，痒丝丝的，平添了一种亲切的快感。

但是，我还是喜欢让双足直接踏着大地，亲近泥土。植物托根于大地，与动物不同，它们朝朝暮暮、历久弥新地向人类播撒着芬芳，灌注着清气。我忽发奇想：只要在泥土里久久地凝神伫立，当会自然有一种旺盛的生命力，顺着翠绿的苇丛潜聚到我们的脚下，然后像气流一样，通过经络慢慢地升腾到人们的胸间、发际，遍布全身。

这是一次心灵的回归，像一位俄国诗人所咏赞的：“心灵完成了一个伟大的循环，看，我又回到童年的梦幻。”这里没有理性、概念的遮蔽，没有菩提树，也没有野玫瑰，有的只是清纯的、本真的感觉和原生的状态。人们在这里有幸接触到生命的原版，看到了未被物欲贪求所修改过的生命初稿，体验到不曾被剪裁、被遮蔽的宛如童年时代那未经世俗灰尘所污染的心灵状态。有了这番经历，便有了对大自然的尊崇，对生命的敬畏，对环境保护的担当，对人间一切美好事物的眷恋。

一红一绿，色彩鲜明。它们撩拨起诗人的激情，驰骋着缥缈的情思，也为小说家奉上玄想的艺术空筐，提供了多种叙述的可能。散文大家梭罗不是说过吗：“啊，它们的颜色诉说了许多故事。”

细 雨 梦 回

想是夜间读书过于疲劳，一卷未终，便伏几而寐。醒转来，壁上的时钟已经敲过了十二下。

不知从何时开始，楼外下起了雨，衬着路灯的辉映，雨丝透出一种朦胧、含蓄的美蕴。推开窗户，细雨扑上脸颊，痒丝丝的，了无寒意。夜风轻吻着头发，流荡着沁人心脾的清新气息。

这初春的第一场喜雨，不待鸣雷的呼唤和闪电的指引，蕴蓄着满腔的爱意，悄悄地降临人间。确实是“好雨知时节，当春乃发生”啊！

连日来，听到许多关于农村苦旱的讯息，到处都在翘盼着时雨。却不知，辽南果园中此刻是否同样普降了甘霖。我仿佛看到，春雨洒处，姹紫嫣红开遍，片片果林堆着满头香雪，有的如玉屑冰花，白里泛绿；有的如彩云漫拢，一抹轻红。

春雨，唤醒了万物的生机，催动着人们丰收的热望。古往今来，咏赞春雨的诗章连篇累牍。“杏花雨，仓里米。”人们总是把三春灵雨同花繁果富紧密地联结起来。

许多无名诗人早在两千年前就吟咏着“芃芃黍苗，阴雨膏之”，“既沾既足，生我百谷”。至于后来的诗篇，诸如“小楼一夜听春雨，深巷明朝卖杏花”，“一百五日寒食雨，二十四番花信风”，“山边夜半一犁雨，田父高歌待收获”，“土膏欲动雨频催，万草千花一晌开”，等等，可说是俯拾即是。

雨催花发，昨天还是蓓蕾，今天便绽放出鲜花，几天以后就将结出小小的果实。久旱逢甘雨，是人间的乐事之一。“五风十雨升平世”，更是古代人民的理想境界。苏东坡在《喜雨亭记》中讴歌春雨，兴会淋漓：“使天而雨珠，寒者不得以为襦；使天而雨玉，饥者不得以为粟。”一雨三日，“官吏相与庆于庭，商贾相与歌于市，农夫相与忭于野，忧者以喜，病者以愈”。

出外旅游，逢着落雨，总有些大煞风景吧？也不见得。古人早已说过：“水光潋滟晴方好，山色空蒙雨亦奇”，“破雨游山也莫嫌，却缘山色雨中添”。极目青郊，烟雨中的杨柳、禾稼，显得分外朗润清新。有一次，我在苏州逢着下雨，那黑瓦白墙的楼舍，典雅工丽的园林，五颜六色的雨伞下疾徐不一的行人，都因为霏微的春雨更饶韵致。不然，恐怕是无法领略“雨中春树万人家”这句诗的妙处的。

落雨，是挑人思绪、引人遐思的时刻。雨能使人从躁动归于沉静，从感性进到理智。面对着垂天雨幕，耳听着潇潇暮雨，人们会萌动着种种饶有兴味的思绪。

诗圣杜甫在长夜苦湿、风雨凄凄中，发出了“安得广厦千万间，大庇天下寒士俱欢颜，风雨不动安如山”的浩叹，体恤民艰之情跃然纸上。

宋代的诗人曾几，午夜梦回，听得雨声淅沥，认为是最佳音响，从甘霖普降想到稻香千里，大有丰年：“一夕骄阳转作霖，梦回凉冷润衣襟。不愁屋漏床床湿，且喜溪流岸岸深。千里稻花应秀色，五更桐叶最佳音。无田似我犹欣舞，何况田间望岁心。”

而他的门生，那个被誉为“亘古男儿”的陆放翁，则是“忽闻雨掠篷窗过，犹作当时铁马看”。因为听到雨声，他那饱满的爱国激情，竟然冲出白天清醒生活的境界，泛溢到梦境中去：“僵卧孤村不自哀，尚思为国戍轮台。夜阑卧听风吹雨，铁马冰河入梦来。”

当然，落雨引发的思绪也并不都是奋发向上的，也有人从点点滴滴、淅淅沥沥、飒飒潇潇的雨声中，领悟到一种前尘如梦、人生易老的悲凉意绪。最典型的要算宋末词人蒋捷了。他在一首《听雨》词中，通过追怀生涯中的三段历程，着力渲染凄苦冷寂的意境，以暗托其深沉的故国之思：“少年听雨歌楼上，红烛昏罗帐。壮年听雨客舟中，江阔云低断雁叫西风。　而今听雨僧庐下，鬓已星星也。悲欢离合总无情，一任阶前点滴到天明。”

雨，本来是没有灵性和知觉的。无情抑或有情，都在于人的感受。正如唐代大诗人白居易所说的：“峡猿亦无意，陇水复何情。为入愁人耳，皆为断肠声。”

不知是什么原因，我对雨向来抱有好感。童年时代，每逢落雨，我都跣着双脚，跑到街头玩耍、嬉戏。有一次，因为在雨中贪玩摸鱼，竟然忘记吃饭，误了上课，塾师带着愠色，让我背诵《千家诗》中咏雨的诗篇。当我吟过“天街小雨润如酥，草色遥看近却无”“绿遍山原白满川，子规声里雨如烟”等令人赏心悦目的清丽诗章之后，老师轻轻点了一句：“朱淑真的诗，你可记得？”我猜想是指那首“连理枝头花正开，妒花风雨便相摧。愿教青帝常为主，莫遣纷纷点翠苔”的，因为觉得有些败兴，便摇了摇头。

老师也不勉强，只是轻叹一声："还是一片童真啊，待你到了我这个年纪，就会懂得人生了。"

当晚，听父亲说，十年前的一个雨夜，在警察署长家里充任家庭教师的先生的爱侣被东家奸污了，第二天，她便含愤跳进了辽河。

先生戊子年五月生，授徒当时不过五十几岁。如今，我已超过了这个年龄。但是，时移世易，历史揭开了新的篇章，他那样的遭遇再不会重演了。所以，我对雨终无恶感。

……

思绪像一个扯不尽的线团萦绕着，楼外，淅淅沥沥，雨还在下。

沙 山 趣 话

记得小时候，村子前面有一座沙山。威威赫赫地横在那里，拄天拄地，遮云蔽日。上面长满了树木，杨柳榆槐，还有人们叫不出名字的珍稀树种，亲亲密密、热热闹闹地挤在一起，枝杈都交结在一块了。

说来也令人纳闷，这里本是一片平原旷野，附近既没有沙漠，又没有河套，这沙山是怎么形成的呢？上面又是从什么时候开始长出这么多的大树呢？我问父亲，父亲摇头说不知道。这使我对他这个号称“天下知”的角色，减少了几分崇拜。

于是，我就自己钻到树林中去“格物”。你看那树，粗的要两人合抱，细的也赛过大碗口。整日里，没拘没管，任着性子长，眼看就要顶天了，可它还是不停地往上拔高。它们倒活得挺自在，愿往高里长就往高里长，愿往斜里伸就往斜里伸，不想高长、斜伸的，就自己往粗里憋，最后憋成个胖墩子，也没有人嫌它丑。

听人说，沙山上的树，根须扎得特别深，为的是能够接上水分。也正因为这样，年年刮大风，大风掀开了茅屋顶，吹动了场院里的石磙子，可是，高高的沙山上，却从来没有一棵大树被刮倒过。经过多年的水冲风蚀，有的树根裸露在沙土外面，弯七扭八的，像老爷爷手上的青筋。裸露在外面也不影响生长，树干照样钻天插云，枝叶照样遮天蔽日，生命力真是够旺盛的了。

春天来了，杨花、柳絮、榆钱，纷纷扬扬，随风飘洒，织成一片烟雾迷离的空蒙世界。清晨起来一看，家家的院里院外都是一片洁白，恍如霜花盖地，雪压前庭。父亲早早起来，手把着长长的竹扫帚，从院里扫到院外，唰唰唰，沙沙沙，现在回忆起来，仿佛还在耳边回响。

再旺盛的树上也有枯枝。严冬季节，庄户人脚上绑着乌拉，手里攥着一条拴着铁坠儿的长麻绳，踏着厚厚的积雪，攀上了沙岗子，见到枯枝，就把带着铁坠儿的绳索抛上去，轻轻地扭个结，然后猛劲一拉，只听“咔嚓”一声，枯枝就下来了。当地人叫作“扯干枝儿”。背回家去，这些干枝儿便成了最好的烧柴。

只有一棵老树却是谁也不去动。老树长在沙山的西端，孤零零的，挺立在高岗之上。说是树，其实已经没有一个青枝嫩杈了，只剩了一棵几搂粗的树干，撑着几个枯朽的枝丫。树干上有个门洞似的大窟窿，残存着火烧过的痕迹。听老辈人讲，那是一棵三百年的老槐树，过去树洞里藏着一个狸子精。一个大雨滂沱的夜晚，炸雷劈死了黄狸，把大树也劈开了，树身着了火，当年就枯死了。

一天，我在沙山上，贪看蚂蚁倒洞搬家，竟忘记了回家吃午饭，母亲在沙岗下面连声地喊。还没等我走下来，黑压压的云头就从西北方向铺天盖地地涌过来了。隆隆的雷声响过，突然间火光一闪，整个沙山似乎都燃烧起来。霎时，一阵狂风挟着瓢泼暴雨倾洒下来。我慌乱地滚下沙山，跑回院子里，然后爬上炕头，把鼻子顶在窗玻璃上，便见来路上已经被雨浇得冒了烟儿了。

沙山上的林木黝黑黝黑的，分不出个数，模糊了轮廓，乍看像是一座铁山，偶尔闪亮一下，接着便是震天的雷响。院子里，雨水从屋檐、墙头、树顶上跌落下来，像开了锅似的冒着泡儿，然后，滔滔滚滚地向房门外涌流出去。

待到雨过天晴，出了太阳，树叶显得分外浓绿，分外光鲜，亮晶晶的，像是万万千千的小圆镜悬在空中。只是树下却乱糟糟的，这里那里散落着一些细碎的干枝，许多鸦巢倾坠了下来。当时正赶上鸟类哺育期，一些光秃秃的鸦雏摔死在地上，惨不忍睹。

小时候，气温比现在低，冬天里雪很多，三天两头一场。人们早早地就封上了后门，外面还用成捆的秫秸夹上了迎风障子。夜间，北风烟雪怒潮奔马一般，从屋后狂卷到屋前，呜呜地吼叫着，睡在土屋里就像置身于汪洋大海的船上。一宿过去，家家都被烈雪封了门，只好一点一点地往外推着，一两个时辰挤不出去。西院的“二愣子”找个窍门，把糊得严严实实的窗户打开，从窗户跳出去清除积雪。结果，半截身子陷进雪窝窝里，好长时间爬不出来，险些冻伤了手脚。

每逢大雪天气，起来最早的往往都有丰盛的收获。有人悄悄地溜出大门，一溜烟似的向沙岗下面的一排秫秸垛跑去。干什么去呢？《正大综艺》的主持人可以发动观众猜上一猜。大概十有八九的人会猜测他是去解手。——错了。原来，秫秸垛南面向阳背风，暴风雪再大也刮不到这里，于是，便有许多山雉、鹌鹑、野兔跑来避风。由于气温过低，经过一宿的冻饿，它们一个个早都冻麻了腿爪，看着来人了，眼睛急得骨碌骨碌转，却趴在那里动弹不得，结果，就都成了早行人的猎物。

雪天里，沙山最为壮观。绵软的落叶上铺上一层厚厚的积雪，上面矗立着烟褐色的长林乔木，晚归的群鸦驮着点点金色的夕晖，“呱、呱、呱”地噪醒了寒林，迷乱了天宇，真是如诗如画的境界。

最有趣的还是那白里透黄、细碎洁净的沙子。这是当地的土特产，用处可多着哩。舀上一撮子放进铁锅里，烧热了可以炒花生、崩爆米花，磨得锃亮的锅铲不时地搅拌着，一会儿，香味就出来了，放在嘴里一嚼，不生不煳，酥脆可口，那味道，走遍天涯也忘怀不了。

遇上连雨天，屋地泛潮了，墙壁呀，门框呀，都湿漉漉的了，潮虫也乱乱营营地满地爬了。只要把沙子烧得滚烫，倒在地上，笤帚慢慢地一扫，地很快就干爽了。各家盘炕时，总要往炕洞里填进许多细沙。热量积存在沙子里，徐徐地往外散发，炕面便整夜温乎着。

细沙还能治病。劳累了一辈子的老年人，身子骨常常酸痛，夏天找一处向阳的沙滩，只穿一个裤头，把整个身子埋进去，不出一个时辰就会满身透汗，酸啊痛啊，一股脑儿都溜到爪哇国了。

按照当地人的习惯，孩子生下来是不用褯子包裹的。温热的火炕上铺上洁净的细沙子，婴儿躺在上面，随随便便搭上一方粗布。细沙随时更换，既免去了洗洗涮涮的麻烦，而且，据说长大了不易患关节炎。所以，姑娘嫁到外村去，生了小孩之后，当舅舅的总要套上一辆牛车，装上几草袋干净的细沙送过去，作为新生儿的贺礼。

沙山又是一个狸鼠横行、狐兔出没的世界。湿润的沙土地上，叠印着各种野生动物的脚印。人们在林丛里，走着走着，前面忽然闪过一个影子，一只野兔嗖地从茅草中蹿出来了。野狐的毛色是火红的，二尺长的身子拖着个一尺多长的大尾巴，像是外国歌剧院里长裙曳地的女歌星。

野狐、山狸、黄鼠狼，白天栖伏在沙山的洞穴里，实在闷寂了，偶尔钻出来找个僻静的地方，晒晒太阳，亮亮齿爪，捋捋胡须，夜晚便成群结队大模大样地流窜到岗子后面的村庄里，去猎食鸡呀鸭呀，大饱一番口福。它们似乎没有骨头，不管鸡笼、鸭架的缝隙多么狭小，也能够侧着身子钻进去。

人们睡到半夜，经常被窗外咯咯的鸡叫声吵醒，可是，任谁也不肯出去看看。女人说：“又抓鸡了。”揉了揉眼睛，给孩子弄一弄被，再也没有下文。男人侧着耳朵听了听，也说：“又抓鸡了。”翻了个身又睡去了，不大工夫就响起了鼾声。清晨起来，打开鸡栏一看，里面空空如也，外面满地散落着凌乱的鸡毛，洒布着几摊淋漓的血迹。处理起来也很简单，掘个坑把鸡毛掩埋了，再从灶膛里铲出一些草木灰盖上血迹，算是完成了“鸡之祭”。一句怨言也没有，实际上是不敢有。过了些天，再孵出几只鸡雏，找根木棍板条把鸡栏重新加固一下，就此了事。

“罗锅王”的大儿子是个出名的犟种，“叫他往东他偏往西，叫他撵狗他偏撵鸡”。他看东房山处有个两米多宽的过道，里面猪屎夹着人尿，气味难闻，便要把它堵上。两家的老人都说：“使不得，绝对使不得。”他梗着脖子，不管这一套，硬是脱坯和泥给砌死了。

一切倒也安然。不料，半年过后，犟种的九十一岁的老奶奶正扶着门框同家人说话，说着说着，涎水下来了，没等接来“药房郎中”，人已经断气了。于是，左邻右舍都说，这是堵空场造成的罪孽，——你把胡仙的通道堵死了，它能善罢甘休吗？人们一面说，一面指点着房后的“小堂子”，说“胡仙”平素住在门前的沙山上，“小堂子”是享受香火、施威显圣的场所，通道堵死了，还怎么领受香火？犟种刚说出：“既然是神仙，还找不着通道？”冷不防被“罗锅王”一巴掌扇了个大趔趄。

村子留给我的鲜明印象，就是那里是个“土”的世界。路是土路，墙是土墙，屋是土屋，穿的、盖的是土布，过的是“土里刨食”的日子。那时候，住砖瓦房的全村不过三四户，绝大多数人家都是土里生，土里长，住土房，垒土墙，风天吃土，雨天踏泥。

一年四季，街道总是灰突突的，显得十分冷清。冬天，上冻后的路面高低不平，那种木轱辘车一过来，就“咯咯嘣嘣”地响个不停。半夜里，这种响声伴和着赶车人哼哼的小曲，一同跌进土屋人的睡梦里。春天里倒是有点美的意味，道上经常铺着一层轻雪般的柳絮杨花，大车轧过去，现出两道细细的辙痕，可是，不到一袋烟工夫，新飘落的飞絮又把辙痕抹平了。

雨季一到，整条街便成了一道过水的沟渠。常常是两个人一前一后深一脚浅一脚地跋涉着，扑通一声，前一个闹了个仰八叉，爬起来，带着满身满脸的泥水；后一个人见到这副模样，刚咧开大嘴笑着，一不留神，自己也闹了个前扑儿，挣扎着站起来，比前一个还要狼狈。好在这里是沙土地，身上的泥土并不那么“多情”，太阳出来一晒，用手扑打几下，就掉得一干二净了。

阴雨连绵的季节，免不了有些土屋土墙倒塌下来，倒塌了也没有什么要紧，重新垒起来就是了。地广人稀的荒村僻野，要别的没有，泥土是取之不尽、用之不竭的。重新垒起来的院墙上，用不了多久，就会胡乱地生出一些细草棵来，稀稀拉拉，毛毛茸茸，像街西头李保长秃顶上的毛发。

土屋之外，一般人家还要套上个土的院墙，并就着临街的院墙盖上个土的猪圈，朝外留出个方方的或圆圆的洞口。春天种地之前，粪从那里扔出；平常不用它，便用柴草堵起来，周围还要画上个大白圈儿，防备着野狼从这里钻进去。那时候，野地里的狼是很多的，白天躲着人，一到夜深人静时，就悄悄地溜进村里来觅食。暗夜里，狼的眼睛犹如鬼火，闪着绿幽幽的光，嗥叫起来怪吓人的。但是，据说，野狼从来也不敢钻白圈儿。

我的伯母家的院墙外面，有一口古旧的水井。四面围着木板的护栏，伏下身去看，井壁是用方木砌起来的，上面挂满了青苔，一泓碧水清冷幽深，偶尔有一两个青蛙伸腿游动着，平静的水面便荡起了涟漪。水是甘甜适口的。暑天炎日，常见有的小伙子穿着短裤，提上一桶“井底凉”来，咕嘟嘟喝下去一小半，再把剩下的多半桶水从头上浇下去，任凭气温再高，炎天播火，也会不由自主地敲打起牙门骨来。

井旁原有一棵大柳树，人们嫌它春天往井里飞絮毛，秋天往井里飘黄叶，硬是锯掉了。听老辈人讲，井边还曾立过一块贤孝碑，记载着同治年间一个孝顺的媳妇，为了给年迈的公婆做饭，三九天来挑水，冰冻雪滑，一头栽进井里。此后，井边就安设了护栏。

我还看见过，东院的四嫂子和四哥吵架，披头散发地跑出来，坐在井口旁，一手把着护栏，一面号啕大哭，一声声地喊着“再也不想活了”。我急出了一身汗，忙着去喊四哥：“快，快，快去搭救！晚了命就没啦！”四哥却慢条斯理地磕着烟袋，说：“没事，没事。她若真是狠心跳井，就不会大哭大叫了。”事后，我把这番话讲给四嫂听，四嫂脸一红，“呸”地吐了一口痰，从牙缝里挤出几个字：“这个没良心的，看我晚上怎么收拾他！”

看到这里，急性子读者会问：现在怎么样——那井，那树，那沙，那山？

全都不在了。“大跃进”时节，村村大建食堂，树木被一砍而光。“树靠沙长，沙靠树养。”树光了，沙山还能在吗？随之，井也被流沙淤塞了。

旧时情景，都成梦忆，思之凄然。

大荒风色

一

像人人都有母亲一样，人人都有故乡，都有童年。而童年又是和故乡紧紧联系在一起的。当然，有的人出生之后，就像小鸟一样，不多久就离巢了，尔后便辗转于车尘、帆影之间，过着流离转徙的生活。我的整个童年却是一直在故乡平稳度过的。

我家原籍在河北大名府。这里紧邻邯郸，属于所谓盛产慷慨悲歌之士的赵地。大约在咸丰、同治年间，我的曾祖父因为手刃父仇，出了人命，便趁一个夜黑天，带着一家老小，偷偷地离乡别井，闯了关东，落脚在广宁府辖区东南角上一个很偏僻、很闭塞的名叫“后狐狸岗子”的村落，这里现属盘山县大荒乡。当时全屯只有一条街，三四十户人家。庄前是一片大沙岗子，上面长满了各种林木；岗子下面摊开一片沼泽地，遍生着芦苇、水草和香蒲。村后有一些零散的耕地，被一条条长满了各种树木的“地隔子”或小水沟分割开来。附近有一条古驿道，路旁矗立着一通两米多高、跌断后又接起来的石碑，字迹已经漫漶，据老辈人说，上面记载的是“唐王征东”的故实，俗称“得胜碑”。再远一些，便是青峦蜿蜒的医巫闾山，中间隔着茫茫无际的马草场和大苇塘。

在我幼年时节，有一道百看不厌的风景线，那就是开开茅屋后门就会扑入眼帘的绵亘于西北天际的一脉远山。阴雨天，那一带连山漫漶在迷云淡雾之中，幻化得一点踪迹也不见了。晴开雨霁，碧空如洗，那秀美的山峦便又清亮亮地现出了身影，绵绵邈邈，高高低低，轮廓变得异常分明，隐隐地能够看到山巅的望海寺了，看到峰前那棵大松树了，好像下面还有人影在晃动哩。刹那间，一抹白云从层峦上面飘过，那山峰忽然化作一个白胡子老爷爷了。

听早年曾去朝过山的祖母说，大山里住着医神和巫仙，是一对慈眉善目的老夫老妻，长年在一起采药炼丹，后来也像那座大山一样长生不老了。这番话，增加了大山在我心目中的神秘感。每当看到白云在峰际飘游时，我就想，那是医神和巫仙在炼丹呢。

医巫闾山的这面，绵延着无边无际的草场和田野，一道蜿蜒的长堤像一把利剑似的把它们切开。长堤里面，散布着几个小小的村落，统一的名称叫“大荒乡”。它和《红楼梦》里的“大荒山”不同，并非大文豪凭空想象出来的，而是一个真实的存在，直到今天还叫着这个名字，尽管它早已不再荒凉、阒寂了。那里处于几个县的交界处，历朝历代都是三不管地区。几个小村落，包括我家所在的村子，像是晨空里的星星，没着没落地撒在望眼无边的原野里。

二

由于处在一种比较封闭的圈子里，这一带人们的文化性格带有保守性、迟滞性。尽管兵荒马乱，民不聊生，但就民风来说，还是质朴憨厚，豪爽好客的。过往行人随便走进哪一家，只要赶上开饭时刻，都会被让到炕桌前，有干的吃干饭，没干的喝稀粥，吃完了任你抹干嘴巴走开，分文不取。人们进了西瓜园子，口渴了可以摘瓜吃，但是不能带走，而且，要把瓜子留下。听说，医巫闾山的梨园也是这样，来来往往的过路人可以伸手摘梨，放开肚皮吃，只要不揣走就行。

记得鲁迅先生说过，北人的优点是厚重，南人的优点是机灵。但厚重之弊也愚，机灵之弊也狡。这一带的人，说是愚憨可以，说是强悍、鲁莽也无不可，豪爽的另一面，便是粗疏、暴躁。人们说话声高，即使随便闲谈也像吵架似的，动辄满嘴喷唾沫，脸红脖子粗。有人形容：一句话不投合就瞪眼睛，两句话不中听就伸拳头，三句话不顺心就动刀子。这当然是言过其实了。但就那些“耍光棍儿”的刺头来讲，还是恰如其分的。赌钱输了，掏不出票子来下注，他就回身扯出一把杀猪刀，从自己屁股蛋子上割下一块肉来，抛到牌桌上，吓得赌徒们大眼瞪小眼，谁也不敢吭声，这样，就算立下了“光棍儿”，以后见面就要以“爷”相称。除了地理环境、社会条件，就人文因素来剖析，这也是过去此间萑苻满地、土匪横行的一个原因。

当地一些有头有脸的人特别要“面子”。有的明明只喝了一碗稀粥，在人前也要装出一副吃过了鸡鸭鱼肉的样子，不停地打饱嗝，还要半天半天地剔牙缝儿。打架时一看要吃亏了，赶紧往回跑，还要高声叫着：“你等着，不要动，我先解个手，回来狠狠地收拾你！”

还喜欢说大话、吹牛皮。屯子里有个赵书阁，逢人就讲他的“优胜纪略”：有一次，他“在西河沿推牌九，一个通宵赢了四十根金条，往哪里放呢？情急智生，就把一根根金条并排缝在一块厚布上，然后往腰上一缠”，说到这里，他眉飞色舞、神气活现地问周围的听众：“你们知道什么叫‘腰缠万贯’吗？就是像我这样！”他接上说：“可是，没有料到，一出大门就被‘胡三太爷’盯上了，走出二里地外，‘啪、啪、啪’，甩过来一梭子子弹，冲着我的腰身打过来。你猜怎么样？安然无事，一个个弹头都被金条挡回去了，只是马褂上落下了几个小窟窿。我不慌不忙地掏出手枪来，瞄准他的后脑勺，‘啪’的一声就撂倒了。”

土改时搞清算，划成分，明知道他是一个穷光蛋，一双肩膀支着个嘴，三天两头揭不开锅，可是，有人仍然检举了这件事。工作队长带着记录员，郑重其事地找他谈话，交代了政策，指明了出路，要他打消顾虑，把金条如数交出。赵书阁从来没有见过这样的架势，一时哭笑不得，只好彻底“坦白”——那些话全是自己瞎编的，一边说，一边打自己的嘴巴。逗得小记录员笑痛了肚皮，笑出了眼泪。

同说大话有关联，人们喜欢给穷地方起富名字。黄金坨、万金滩、兴隆村，实际上，那里都是碱滩，遍地长着密麻麻的黄芨菜，秋风刮过，满地金黄。有一次，我问父亲：“明明不是那么回事，甚至完全相反，可是起的名字比什么都美，这究竟是为什么？”父亲不假思索地说：“这可不是为了吹牛，是寄托着一种愿望。”过了一会儿，又补充一句：“当然，也许有另一种意味，比如，你伯父只有五尺高，人们却叫他‘王大个子’。”用现在的话说，就是带有反讽、调侃的意味。

三

过去的通俗读物《庄农杂字》上有两句话："人生在世，吃住二字。"就是说，人生在世，一个是种地打粮，一个是盖房子。

推开各家的后门，便现出一眼望不到边的黝黑的耕地。耕地平展展的，放上去满边满沿的一盆水也不会洒出来。只是并不连片，它们像豆腐块一样，被一条条长满树木的地隔子和小壕沟分割开来，这是各家各户土地的疆界。

布谷鸟叫的时候，一家家父子兄弟便赶着牛，拉上犁，背起谷种，拎着粪筐，下地了。前面撒粪的和后面覆土的，都能将就人，扶犁的、点种的却必须有技术，必须是庄稼院的好把式，"二五眼"不行。有句俗话："人糊弄地一时，地糊弄人一年。"种地的活，起早贪黑，人和牲口较劲，向来都是很累的。若是家里养不起大牲畜，就只能靠人力去拉犁、坌地，弓起身子，一步一步往前撑，一春天下来，肩膀上要磨掉几层皮。晚上回家，累得瘫成一堆泥，骨架子都散了，连一尺半高的炕都爬不上去。

小苗钻出了地面，大地一片新绿，庄户人"见苗三分喜"，可是，很快就陷入不安与焦虑之中。"早看东南，晚看西北"，见不到丝毫的落雨迹象，十天过去了，二十天过去了，依然是万里无云，整个春天始终没落过一滴雨。地干得冒烟儿了，苗黄得秃尖儿了，庄户人最怕的"旱老虎"终于降临在大地上。于是，村后的那眼报废多年的老土井，又被装上了辘轳把，"咯吱吱，咯吱吱"，辘轳把整天整夜地摇个不停，最后，老土井也底朝天了，高粱苗照样在那里打蔫儿。

第二天大清早，乡亲们吆喝着要求雨了，家家都给灶王爷、财神爷、胡仙、黄仙、黎仙烧了长香，叩了响头。然后，大人、孩子一起戴上了柳条圈，端着黑瓦盆，赤着双脚，拥向街头，“求雨啦，龙王爷开恩哪”的哀哀叫喊响成了一片。闹腾了半天，抬头看看云空，依旧没有半点儿雨意。人们盼雨，从三月三“苦麻菜钻天”，盼到四月十八“娘娘庙会”，盼到五月十三“关老爷单刀赴会”，又盼到七月七“牛郎会织女”，盼雨盼得心肝碎，盼雨盼得眼睛蓝。睡至夜半，干黄的树叶唰唰唰落到地上，飘到窗前，人们误以为雨点终于洒地了，不禁惊喜得欢叫起来，披上衣裳出外一看，方知是“猫叼猪尿脬——空喜欢一场”。

这一年关外大旱，赤地千里，有些人家逃荒下了江北。市上的粮价，十天里翻了三番。人们饿得没法子，就煮红薯秧、豌豆棵、玉米骨吃，直到采光了黄芨菜，扒光了榆树皮，挖光了观音土。大人、孩子全身浮肿，面色蜡黄，走起路来一摇三晃。整个冬天，村里几乎每天都有送葬的，棺材白花花地散放在地块里，成了旧时代的一道惨厉的风景。

在旧日的庄稼院里，当老人的勤劳一生，如果没能为儿孙盖上几间住房，那会是死了也难以瞑目的。

房子怎么盖呢？小时候我倒见过。先是燕子垒巢似的准备着物料。头一两年，就要在院子里脱出很多土坯，晒干后摞起来，垒成一列列的土坯墙；还要备下一些檩材、柱脚、椽子，横七竖八地堆放在门前。只有实力雄厚的大户人家，才能从几十里外买回一车车石头，再备下足够的青砖、红瓦。剩下就是看风水、定房向啦——这是大事中的大事。请来个风水先生，高高的，瘦瘦的，黄面皮，灰褂子，一副不大的细边圆眼镜松松地架到鼻梁上，旁边总要跟着一个端罗盘的。院里院外，左边右边，南一趟北一趟，不停地看，一直挨到日头栽西。回到屋里，在饭桌前盘腿坐定，一壶酒、四盘菜，一边吃一边念叨着什么，然后用毛笔圈画出一个单子，才算了事。

到了上梁这天还要画符。先宰杀一只白公鸡，倒出小半碗鸡血，鸡身上却不能有半点血迹。那个神道道的老先生，第一个仪式是毕恭毕敬地净手，那净手的时间格外长，一双枯瘦的手惨白地鼓出几条青筋，越洗越没有血色。净过了手，先生便颤抖着将一张黄纸裁成四份，然后用一支崭新的羊毫笔蘸了鸡血，龙飞凤舞地画了起来，口中还念念有词。那奇形怪状的图案，没有人能看得懂，大概从来也没有人问过。可是，一切都做得那么认真，那么郑重，仿佛这才是一切，而房子怎么盖、盖得怎么样，倒无关紧要了。

符，要在新房上梁时压在四角上。到了上梁吉日，几乎全村的青壮年男人都出动了。厨房里大锅饭菜准备着，人们大声地吆喝着，七手八脚地一忙活，一幢新房就拔地而起了。它不能比邻居的超前一寸，自然也不肯落后一点点。于是，这条长蛇阵便笔直地伸出了一截，又一截。年复一年，“一”字的两端不断地延长着，谁也没有想过要在前面或者后面另起炉灶。结果，家家户户就像模子里铸出来的一样，一式的茅屋，一式的窗门，一式的院墙，一条线上的位置，人们从东头走到西头，要花上半个时辰。

我的整个童年，就是生活在这样一个环境里。

岁短心长

一

在中国古代诗人中，对于老年情味，摸得最熟、体悟得最深的，大概要算南宋诗人陆游了。这当然和他活到八十六岁高龄有直接关系。清人陈古渔有“老似名山到始知”之句。有了长寿的经历，又能悉心体察，准确地诉诸文字，自然效果就可观了。

比如，陆游在一首七律中，讲到“老觉人间岁月遒”，我就击节称赏，觉得一个“遒”字说尽了老来岁月的独具特色，多彩多姿。“遒”字多义，用在这里主要是说明岁月匆遽、急速、迫促，同时，也含有晚境深沉、苍劲、豪迈的意蕴。“遒深”“遒迈”之类词语亦常见于古代诗文，词典中还有“遒丽”“遒逸”的词目，以之形容老来心境的劲健、超逸，自然也十分恰当。我以为，“岁月遒”的含蕴，大体上与《千字文》中的“年矢每催，曦晖朗曜”相当。

正如唐人刘禹锡所云：“与老无期约，到来如等闲。”不知不觉地，我也到了花甲之年。回头一看，两万多个日夜已被抛在身后，这还了得！难道生命的基础不过是面对前尘往事，召唤遥远的感觉世界，只剩下淡淡的追怀了吗？昔日戏言衰迈事，今朝忽到眼前来。应该承认，思想准备是不足的。突然间，强烈地觉察到岁短心长，光阴迫促，时不我待。我曾题诗慨叹：

青春余梦感蹉跎，老去狂奔逐逝波。

一卷未终天又晚，人间难觅鲁阳戈。

“鲁阳戈”是个典故，出自古籍《淮南子》。说的是战国时有个鲁阳公，挥戈奋战，眼看日头栽西，他便举起长戈去支撑，结果，太阳为之返回三舍。这当然只是神话传说。明代诗人何景明早就慨叹过：“世无鲁阳子，坐惜朱颜衰。”

但是，唯其如此，也就令人更加深切地感悟到，与其把衰老所带来的一切，看成人生最沉重的东西，莫如从容品味生活的分量，真正受用好这无比珍贵的分分秒秒。即使是回忆，也要在苍茫情味中，实现一种新的置换，新的综合。

实际上，每个人都有一个内宇宙，天性中都蕴含着自然母亲赋予的感受力和创造力，都应拥有气吞八荒、胸藏万汇的气概和权力。然而，匆忙、迫促的日子，一个个最现实的目标、最具体的杂务，剪不断理还乱的纷争、矛盾，往往肢解了、冲淡了人生的总体性感觉，使其沦为碎片，变得琐屑，使人之所以为人的最本质的东西被淹没、被忽略了。

要想修复这被切割、被蚀损了的总体感觉，首先，要求一份内心的宁静与空灵。“静故了群动，空故纳万境。”一旦得以卸掉杂务的纠缠，挣脱尘网的羁绊，走进这种生命的鲜活境界，便有了深刻体验人生，归返自我，走向无穷的可能。

这时，只有到这时，生命的有限和无限，历史的存在与虚无，心灵的栖居与超越，内宇宙与外宇宙的沟通，人与自然的亲和与疏离……这许许多多根本性的问题，才会跳入你的胸中，搅动你的思绪，使你为之焦虑，为之欣喜，为之沉醉。这真是一种令人难以遏制的诱惑！

过去重任在肩，无暇旁骛，现在，工作担子减轻了，公务活动少了，人际关系简化了，世情纷扰也渐渐淡去，正可恢复书生本色、云水襟怀，实现多年的夙愿，把读书、创作看作一种诗意存在的生存形式，把屐痕处处，游目骋怀，“平生塞北江南，归来华发苍颜。布被秋宵梦觉，眼前万里江山”视为人生的至乐。

每天清晨，我都要到公园里去散步。人生感悟、创作构思也就在这里丝丝缕缕、片片层层地展开。任身旁人声嘈杂，墙外车流涌荡，也并不为其所扰，身在红尘喧嚣之中，心驰四野八荒之遥。此刻，对前人说的“静，在心不在境”“心远地自偏”的意蕴，有了切实的理解。

也正是在这种新的岁月里，我开始用心品啜着一种新的人生况味，体验着一份纷乱中的澄静，挣扎后的从容，体味着对生命的诗意感受和老来岁月遒迈的悲壮之美。

二

我喜欢游历，喜欢访古，习惯于胜地寻踪、荒园踏梦，洗去岁月的尘埃，再现历史的光泽；通过理性思考和感性认知，连缀文明的断简，把散文创作的艺术背景放在广阔的历史空间，让笔底流露出厚重的文化积淀和世事沧桑之感。但过去游观，大多是在参加各种会议的间隙，虽然也走了不少地方，获得诸多感受，可是，毕竟行色匆匆，来不及仔细咀嚼，从容玩味。匆遽的心境所感受的东西，往往止于触景生情，谈不到“乘物以游心”，发掘深层的意蕴。

近两年总算有了纵情登览的条件。我曾专程寻访了号称历史博物馆、文化回音壁的古都开封、洛阳、临淄；徜徉于群雄逐鹿的中原和历代兵家必争之地的“三晋”古战场；驻足战国时期辩才云集的齐都稷下；临流淮上，体验着庄、惠观鱼的“濠濮间想”；踏着晚秋的黄叶，漫步在采石矶头、桃花潭畔、敬亭山下、天柱峰前，冲破时空的界限，亲炙诗仙李白的幽情逸韵。

当我漫步在这些曾经产生过辉煌的古代文明、布满斑驳史迹的大地上，仿佛置身于一个瑰奇、丰厚的艺术世界，在感受沧桑、把握苍凉中，敞开传统文化与现代文化双重渗透下的自我，去体味焦灼里的会心，冥思后的渐悟，凄苦中的欢愉，从而产生深刻的人文批判，对文化生命作一番富有兴味的慧命相接。

出游前、归来后，我都怀着浓烈的兴趣，沉浸在深邃、浩瀚的“诗渊史海”之中，使游观、治学、创作有机地结合起来。一部《宋史》告诉我们，为了赵家王朝的万世一系，开国皇帝赵匡胤可说是虑远谋深，“机关算尽”。但是，从他陈桥举事，黄袍加身，建立宋王朝，中经“杯酒释兵权”，以文官取代武将节制方镇，以书生为宰辅削弱相权，实现集权柄于皇帝一身，直到末帝赵昺在蒙元铁骑的追逼下崖州沉海自尽，宣告赵宋王朝灭亡，三百多年宛如瞬息间事。当初，得天下于周家的孤儿寡母，后日又失天下于赵氏的寡母孤儿，一往一复，历史简直像旧片重映。

人事如此，大自然又如何呢？仰首苍穹，放眼大千世界，依旧是淡月游天，闲云映水，仿佛今古都未曾发生变化。“后之视今亦犹今之视昔”，这是一个深刻的哲学命题，让后人生发出许多联想。前代诗人何希齐只用了十四个字“陈桥崖海须臾事，天淡云闲今古同”，就完整地把它概括出来，真可谓气吞沧海，举重若轻。从书卷中我读出了古人“通天尽人”的怆然感怀，体味到无数哲人智者的神思遐想，从而打开一个新的视界，提供了足够的思考空间。

通过散文创作，我把飞扬的思绪、开启的心智，连同思索与领悟、迷茫与困惑，以艺术形式表现出来；在艰苦的劳作中寻求着思想的重量，同时将深心里的情境展开，以探求与读者交流、沟通的心灵渠道。

正是这种知识的储备和智能活动，使心胸豁然开朗，一如浩荡的江河，融汇了自己，也包容了客观世界。我喜欢这种心灵的维度，这种丰满的人生。

而丰满的人生是要靠思想来滋养的。思索使我在世俗生活之外感受到了至高至重的幸福与欢愉。在尘嚣十丈、物欲横流之中，保留一块思索的净土，这是多么不容易，又多么值得庆幸啊！

在大学讲课时，中文系一个学生问我，先秦诸子百家争鸣，著书立说，留下了许多传世之作，其中充满了哲学智慧。请问：这种传统，在历代诗歌中是否有所继承？如果说诗歌中同样反映了哲学智慧，那它又是如何体现的？受到这个问题的启发，我利用春节前后一段时间，编写了一部古代哲理诗选释。这些诗即事寓理，意蕴深沉，“称名也小，取类也大”，言近旨远，别有寄托，同样称得上是哲学智慧的渊薮。

不妨举例说明，还从“老”字谈起。老，在古代哲理诗中也是一个热门话题。围绕着如何看待老的问题，仿佛那些异代诗人超越了时空的限制，聚会一堂，各抒己见。

“莫道桑榆晚，为霞尚满天。”刘禹锡率先表述了积极、进取的“老境”观。

命途多舛的李商隐却怆然叹惋：“夕阳无限好，只是近黄昏！”

清代的任锦心和龚定庵都是坚定的“刘派”，分别借助霜叶、落花的意象，谈了自己的观点：“莫嫌秋老山容淡，山到秋深红更多。”“落红不是无情物，化作春泥更护花。”

到了现代，朱自清则与玉溪生针锋相对，直接反驳：“但得夕阳无限好，何须惆怅近黄昏！”

这些诗不仅充满了智慧，而且情趣浓烈，兴味盎然，有一股迷人的美学冲击力。研究起来，令人陶然心醉，本身就是一种艺术享受。那段时间，我整天沉浸在这种美学意蕴和智慧海洋之中。

人过中年，极目悠然。同少年一样，老人也是“不识愁滋味”的。俗谚就有“小小孩、老小孩”的说法，意思是人老了常有孩子气，贪玩也许就是一例。只是急年晚景，要玩没得工夫。人生就是这样，当你在一方面充分获得的时候，就要准备在其他方面有所放弃。

对文学的执着追求，使我失掉了许多人生享乐的机会，但我坦然无悔。

正是在这种沉酣、迷恋中，扩大了生命的内涵，使人生内在的丰富性充分体现出来，这何尝不是对缺失的一种补偿？其实，这样的生活本身也是很有滋味的。一边倾听历史回音壁上的足音，一边思考当下的生活底蕴，生命呈现出一种内在的自由状态，它悠远而阔大，有形接连着无涯，有尽融入无尽，由此走向审美人生，走向一种近乎永恒的状态。这种境界，难道还不迷人吗?

三

艺术的生命在于不断创新。没有不断地创新与突破，就谈不到成功与飞跃。我耻于因袭他人，也不愿意重复自己。新时期开始，我的散文格调比较清新，时代感比较强，但有时失之直白，流于清浅。我便下功夫钻研马克思的哲学著作、西方哲学史，以及黑格尔的《美学》，注意从哲学的高度认识世界，感悟人生。逐渐地，自己感到作品的思想内涵，特别是美学意蕴较前厚实一些了。这大约在 20 世纪 80 年代中期。

进入 90 年代，我体会到，散文应予社会人生和宇宙万物以深度关怀，融进作家深切的人生感悟，表露充满个性色彩的人格风范，实现诗、思、史的有机结合。散文随笔集《春宽梦窄》《面对历史的苍茫》《沧桑无语》，都是这种追求下的产物。

创新与突破，还体现在我对工作方式现代化的追求上。沉浸于历史是为了走出历史，是为了更好地理解今天，憧憬明天。当世界已经走进信息时代，信息的处理速度已经超出了以往的理解力，“换笔”便成为一种新的诱惑，新的挑战。1994 年年底，我下决心学习用电脑写作。这既可节约大量劳动时间，也能进一步理解现代工作方式给人们生活方式以至思维方式带来的巨大变化。

当时，周围的人“换笔”的还很少，尤其是像我这样年纪的人，更是望而却步。当我打开电脑书，也觉着“键入”“回车”“主菜单”“任意键”等一大堆术语令人眼晕，更感到五笔字型输入法难以掌握。“王旁青头戋五一，土士二干十寸雨……”，不仅要背下这一百三十种基本字根，而且要把每个汉字拆分开，再一个个敲击出来。大前提是必须准确地掌握每个字的写法，否则就休想打上去。

我在冲闯这个关卡过程中，敲出第一篇千字小文，竟用了三整天的时间，但这也带给我足够的慰藉。面对打印出来的第一张由漂亮的宋体字组成的文稿，我反复地端详着这个“宁馨儿”，心中的得意和快活真是难以言表。从此一发而不可收，五六年间我用电脑写出了上百万字的文稿。每当打开计算机，在自己设定的绿色屏幕上打字、编辑、修改、复制，总有一种涉身现代化的自豪，体验到手指运作的一份快感，尝到了应用现代科学技术的甜头。

工作效率的提高是惊人的，既免除了抄写之劳，又能将大量资料存储在硬盘里，以备随时调用。当然，这还仅仅是开始，电子计算机每一程序所能展示的深广世界，对我来说，许多仍是未知数。在它面前，我永远承认：“弱水三千，只能取一瓢饮。”

文字编辑软件我也换了几回。先是用 WPS，经过一年操作，达到熟练程度。后来听说 UCDOS 更好一些，于是又学会用这种软件操作，确实尝到了甜头。去年初，友人又向我推荐 WINDOWS 和 WORD 软件，说它的编辑功能远远超过 WPS。但是，对于已经适应了前一种软件的我，学起来还是遇到了许多麻烦。

界面不同了，一个个的窗口，一个个的下拉菜单，由过去的“熟头巴脑”一变而为面目全非。术语改换了，功能键的作用不同了，操作方式也变化了，“块删除”命令变成了一把形象的小剪刀，靠控制符编辑的文件变成了“所见即所得”……一切都变得陌生，不习惯。但是，在朋友的演示下，它的神奇、强大的排版、编辑功能所产生的诱惑力，使我再也无法抗拒。经过一个星期的刻苦磨炼，我终于又和这种新的软件结了情缘，可以熟练掌握，运用自如了。

电脑写作，苦乐相循，在诸多的快感中，也夹杂着一些烦恼。有时，一个误操作使整个屏幕变成一片空白，临时性的断电曾导致几个小时的劳动成果化为乌有。我也曾产生过返回旧路，重新把笔的念头，但是，终因电脑太多的优越性而不忍“移情”。相交日久，我才发现，原来电脑这个“劳什子”也懂得“欺生”，当你和它磨合好了，摸准它的脾气，“调皮蛋”自会变得百依百顺，成为亲昵的“方脸大情人”。

进行大容量多媒体信息处理，实现信息资源的数字化转换，已经为期不远了。那时，卷帙浩繁的图书馆藏势将“缩龙成寸”，进入电子网络，我的居室里顶天立地的十几个书架也将完成它们最后的使命。如果说在电视时代，文学在影视传媒冲击下，有呈现边缘化的趋向，那么，在后电视时代，随着个人化媒介电脑的出现，文学的个人化特征则将更加凸现出来，从而获得新的生机，恢复其应有的尊严。

我期待着这一天。

我想，一个人只要有志于成为“电脑发烧友”，时时向往遨游在因特网上，徜徉于地球村中，渴望进入“人机交流”的全新境界，起码就心理来讲，距离真正的老境总还有一段路程吧。

故园心眼

母亲—故乡，故乡—母亲，童年时期，二者原是融为一体，密不可分的。可是，那时节，母亲的印象弥漫一切，醒里梦里，随处都是母亲的身影，母亲的声音；而故乡，连同乡思、乡情、乡愁、乡梦一类的概念，却压根儿就没有。直到进了学堂，读书识字了，也仍是没有觉察到“背井离乡”是怎么样一种滋味。

那时，虽然口头上也诵读着“羁鸟恋旧林，池鱼思故渊”“举头望明月，低头思故乡”一类的诗句，但终究是小和尚念经——有口无心。即便是读了冰心女士出国留学途中写的凄怆动人的诗句，也只是感到隽美、流丽，而无从体味，也理解不了那种浓得化不开的去国怀乡之情：

她是翩翩的乳燕，
横海飘游，
月明风紧，
不敢停留——
在她频频回顾的飞翔里，
总带着乡愁！

——《往事》

存在决定认识。这种情况的出现，当然和童年时节整天接触的是母亲，是茅屋，却从来没有离开过乡园有直接关系。世间万般事物，只要它出现在眼前，你就会感知到它的存在。而故园则是唯一的例外，只有离开了它之后，它才现出身影，你才开始感知它，拥有它，眷恋它。在当时，我之所以没有“故园”的概念，是由于我并没有离开过它。

到了青壮年时期，束装南下，故乡已经遥遥远哉了，从这时开始，潜滋暗长了怀乡的观念。有一首歌叫作《好大一棵树》，故乡就是这样的好大一棵树。无论你在何时何地，只要一想起它来，它便用铺天盖地的荫凉遮住了你。特别是在黄昏人静时候，常常觉得故乡像一条清流潺潺的小溪，不时地在心田里流淌着；故乡又好似高悬在天边的月亮，抬起头来就可以望着，却没有办法抵达它的身边。

不过，那个时候，这种情怀往往淡似春云，轻如薄雾，稍微遇到一点什么干扰，就会消逝得杳无踪迹。事实上，当终日置身于无止无休的“运动”之中，响彻耳边的都是那些“放眼全球”“解放人类”的至高至大的课题，谁还好意思、谁还能有心绪去系念那一己的小我私情，想望着故乡之类的细事呢！即使偶尔遇到能够探望一下故乡的机会，也都因为意绪索然而失之交臂。

那时节，人们犹如一个旋转不停的陀螺，把个人的一切完全付与客观环境去支配，完全丧失了自己真正的内心生活，浑浑噩噩，风风火火，经年累月，旋转不止，又像是一列奔腾呼啸、全速驰行的列车，为着奔向一个邈远无定的目标，放弃了周边的一切风景。奔波劳碌之余，有时也会蓦然抬起头来，撩起襟袖，抹一把头上的汗水，顺势瞄上一眼天边的冷月——这心目中的故乡，恰似旧时相识，却也没有更多的感觉。

故乡是一个人灵魂的最后栖息地，游子像飘零的叶片一样，哪管你甩手天涯，飘零万里，最后总要像落叶归根一样，回归到生命的本源。正如清代诗人崔岱齐所写的“鸟近黄昏皆绕树，人当岁暮定思乡”，一个人越是老之将至，怀乡恋旧之情便越发浓烈。报刊上一则关于故乡的短讯，电视里一个似曾相识的镜头，一缕乡音，一种家乡特产，都会引起连绵不绝的长时间的回忆。每逢有人自故乡来，也总有尽多的遗闻轶事，足够连宵彻夜问个不停。

有人说，衰老是推动怀旧的一种动力。通过对于过往事物的淡淡追怀，常常反映出一种对于往昔、对于旧情的回归与认同的心理。虽然这也属于一种向往，一种渴望，但它和青少年时期那种激情洋溢、满怀憧憬的热望是迥然不同的。说起来这也许是令人感到沮丧的事。

老年人对于故乡的那种追怀与想望，往往异常浓烈而又执着，不像青壮年时期那样薄似轻云淡似烟，而且这种追怀是朦胧的，模糊的。若是有谁较真地盘问一句：“您整天把故乡放在心头，挂在嘴上，那您究竟留恋着、惦记着故乡的什么呀？”答案十之八九是茫茫然的。就以我自己来说，故里处于霜风凄紧的北方，既无“著花未”的寒梅可问，也没有莼羹、鲈脍堪思，那么，究竟是记挂着什么呢？我实在也说不清楚。

有一回，一位近支的族弟进城来办事，饭桌上，我们无意中谈起了当年的旧屋茅草房。我说，傍晚时分，漫空刮起了北风烟雪，雪的颗粒敲打在刷过油的窗纸上铮铮作响，茅屋里火炕烧热了，暖融融的，热气往脸上扑，这时候把小书桌摆上，燃起一盏清油灯，轻吟着“昔我往矣，杨柳依依。今我来思，雨雪霏霏……”，这种情景，真是永生难忘。

他苦笑着说：“都什么年头了，你还想着那些陈年旧事？火炕再暖和，也赶不上城里的暖气呀！这雪亮的电灯还不比清油灯强？”族弟不以为然地摇摇头，“再说，那茅草屋又低矮又狭窄，站起来撞脑袋，回转身碰屁股，夏天返潮，冬天透风，人们早都住不下去了。也正是为了这个，说声改造，呼啦一下，全部都扒倒重来。现在，你站在村头看吧，清亮亮，齐刷刷，一色的‘北京平房’。”

追忆是昨天与今天的对接。对人与事来说，一番追忆可以说就是一番再现，一次重逢。人们追怀既往，或者踏寻旧迹，无非是为了寻觅过去生命的屐痕，设法与已逝的过往重逢。对故乡的迷恋，说得直接、具体一点，也许就是要重新遭遇一次已经深藏在故乡烟尘里的童年。既然是再现，是重逢，自然希望它最大限度地接近当时的旧貌，保持固有的本色。这样，才会感受到一种仿佛置身于当时的环境，再现昔日生活情景的温馨。特别是由于孩提时代往往具有明显的美化外部环境的倾向，因而人们在搜寻少年时期的印象时，难免会带上一种抒情特色。

不过，世上又有哪一样东西能够永远维持旧观，绝不改变形色？乡关旧迹也同生命本身一样，随着岁月的迁流，必然要由风华靓丽变成陋貌衰颜，甚至踪迹全无，成为前尘梦影。更何况故乡的那些茅屋，即以当时而论，也算不得光华灿烂呢！

作为观光者，也包括虽然曾在其间生活过，而今却已远远离开的人，无论他们出于何种考虑，是从研究古董、吊古凭今的鉴赏角度，还是抱着追思曩昔、重温宿梦的恋旧情怀，尽可以放情恣意地欣赏它的鄙陋，赞叹它的古朴，说上一通“唯一保持着东北民居百年旧貌”之类的褒奖的话，如果会写文章，还可以加进种种想象与回忆，使之充满诗意化的浪漫情调。但是，如果坐下来，耐心地听一听茅屋主人的想法，就会惊讶于它们的天壤之别了。

前者由于只是片刻的辗转流连，管它阴冷还是潮湿，低矮还是褊窄，都可以包涵、容忍，略而不计；可是，若是从后者那些朝于斯夕于斯久住其间的人群来讲，则要无时无刻都去忍受着般般不便，克服种种局外人想象不到的实际困难。为了同外间人一样享受着现代舒适的生活，他们巴不得立刻改变旧貌，改变得越彻底越好。在严峻的现实面前，诗意化的浪漫情调是苍白无力的。

这种差异，前不久我就曾实际体验过一次。那天，我们一行人去南宁市郊区扬美村参观明清故居，踏着错落不平的石板路，穿行在狭窄、鄙陋的小巷之中，观赏着一户户的已经有些倾斜的明清时期的建筑，共同感到这些历尽沧桑的古建孑遗非常富有价值，无论如何也不能把它们毁掉。可是，当我们同当地居民攀谈起来，却发现他们的感觉竟与此大相径庭，甚至在内心深处对过往参观的游人有些反感。有的村民毫不客气地说：“这有什么好看的？无非是夏天漏雨，冬天冒风，住着憋屈，出入不方便。”

从这里也悟出一番道理：若要切实体察个中的真实感受，就必须设身处地，置身其间，局外人毕竟难以得其真髓。而要从事审美活动，则需拉开一定的距离，如果胶着其中，由于直接关系到切身的功利，既难以衡定是非，更无美之可言。

捕蟹者说

“一年容易又秋风”，望着阶前悦目的黄花，我想起那句“对菊持螯”的古话，蓦然触动了乡思。

西晋文学家张翰因见秋风起而兴“莼鲈之思”，想起了家乡吴中的菰菜、莼羹和鲈鱼脍，遂命驾东归。鲈鱼脍，常见于古代诗文，名气很大，该是上好的佳肴，但菰菜却没有什么味道，莼羹也未见得怎样的鲜美。我想，无论如何它们也比不上我的故乡那肉嫩膏肥、风味绝佳的蟹鲜。

河蟹咸水里生，淡水里长，一生两度洄游于河海之间。我的家乡地近海口，处于九河下梢，向来是河蟹生长的理想地带。那里流传着许多关于蟹的传说，有个红罗女的故事，凄楚动人。

据说很早很早以前，河口有一个蟹王，背壳赛过大笸箩，螯上夹钳像农户用的木叉，目光灼灼如炬。每当星月不明的暗夜，蟹王便耀武扬威地出来伤人，成了乡间一害。这年秋天，村头来了一个身披红罗、手持双剑的卖艺女郎，说是能降魔伏怪。于是，卖艺女郎便和蟹王斗起法来，鏖战了三天三夜，女郎终因体力不支，被蟹王吞掉。但事情并没有完结，此后，连续数日，大雾弥天。天晴后，人们发现蟹王死在岸边，从此，妖怪就平息了。

这当然是神话传说，但据群众讲，至今螃蟹还很怕大雾，确是事实。老辈人口耳相传，道光年间中秋节过后，一个浓雾弥漫的晚上，突然，河里唰唰唰响成一片，螃蟹成群结队急急下海，顿时河面上黑压压一片铺开，有的小渔船都被撞翻了。

螃蟹雅号“无肠公子”，又称“铁甲将军”，千百年来，一直活跃在诗人词客的笔下。有对它进行嘲骂的（当然是借物讽人）：“眼前道路无经纬，皮里春秋空黑黄”“常将冷眼观螃蟹，看你横行到几时”。也有加以赞美的：“未游沧海早知名，有骨还从肉上生。莫道无心畏雷电，海龙王处也横行。”有些诗感喟身世，寄慨遥深：“怒目横行与虎争，寒沙奔火祸胎成。虽为天上三辰次，未免人间五鼎烹。”“勃窣媻跚烝涉波，草泥出没尚横戈。也知觳觫元无罪，奈此樽前风味何。”有人把黄庭坚这两首诗比作《史记·项羽本纪》，实属过誉，但指出诗人意在咏叹叱咤风云的悲剧人物，也似有些道理。

还有些诗借题发挥，咏怀抒愤。吾乡近代诗人于天墀，出于对横行乡里、鱼肉人民的高俅式的恶棍的痛恨，乘着酒兴，写下了一首《捕蟹》七绝：“爬沙响处费工程，隔岸遥闻下簖声。毕竟世间无辣手，江湖多少尚横行！”人们从不同角度咏蟹寄怀，见仁见智，独具只眼。

但是，“口之于味也，有同嗜焉”。对于蟹味的鲜美，古往今来，认识却是一致的。在现代国内外市场上，河蟹与海参、鲍鱼平起平坐，被誉为“水产三珍”。其实，早在一千年前，人们就很抬高它的位置。东晋时期的毕茂世，经常左手持螯，右手把酒，说是“真堪乐此一生”。

后世还有个叫冯梦桢的，敬事紫柏大师，潜心奉佛。一天，两人同赴筵席。冯因贪食蟹鲜，痛遭师尊的棒喝，但终究不改其馋。据他在日记中记载，“午后复病，盖疟也。不知而啖鱼蟹，益为病魔之助矣”。即此亦足证蟹味之鲜美。大诗人李白是很喜欢吃蟹的。他写过“蟹螯即金液，糟丘是蓬莱。且须饮美酒，乘月醉高台”的诗句。在曹雪芹笔下，连那个温文尔雅的苏州姑娘林黛玉也啧啧称赞“螯封嫩玉双双满，壳凸红脂块块香”哩！

不过，就我体察，蟹味美则美矣，但随着情况的不同，人们的感觉也时有差异。四十年来，我吃过无数次家乡的河蟹，而感到风味最美的是童年时节在草原上野餐那一次。

那年秋天，我随父亲去草场割柴。河清云淡，草野苍茫，望去有江天寥廓之感。休息时，父亲领我去沙河岸边掏洞蟹。原以为洞中捉蟹，手到擒来，谁知这绝非易事。我刚把手探进去，就被双钳夹住，越躁动夹得越紧，疼得我叫了起来。父亲告诫我：悄悄地挺着，别动。果然，慢慢地蟹钳松开了，但食指已被夹破。

父亲过来从洞中把螃蟹捉出，并做了示范。用拇指和中指紧紧掐住蟹壳后部，这样，双螯就无所施其技了。他还教我把捉来的大蟹一个个用黄泥糊住，架在干柴枝上猛烧，然后，摔掉泥壳，就露出一只只青里透红的肥蟹，吃起来鲜美极了。

后来，学到了多种多样的捕蟹办法：编插苇帘，设“迷魂阵”，诱蟹就范；拦河挂索，迫蟹上岸；在秋粮黄熟的田埂，提灯照捕；驾一叶扁舟，设饵垂钓……无论哪种办法，都比掏洞捕捉轻巧得多。但说来奇怪，吃起来味道却总是略逊一筹。

我想，未必草原上的螃蟹就风味独佳，恐怕还是主观上的感觉在起作用：得之易者其味淡，得之难者其味鲜。王安石说过：“世之奇伟瑰怪非常之观，常在于险远。”把这番道理推演一下，是不是也可以说甘食美味往往出现在艰辛劳动之后啊。

昙花，昙花

因为我写过《因蜜寻花》《天涯芳信》之类的散文，有些朋友便以为我精于花道，向我请教何为传统名花、现代名花者有之，特邀我出席一些赏花盛会的亦有之。殊不知我的写花，多是避实就虚，借题寓意，别有寄托的。而且，大凡赏花的里手，都兼具丰富的情趣和必要的逸豫。于此二者，我很难称为富足。当然，爱好还是有一些的。

大约是中秋节前两天吧，我从外地出差归来。因为在火车上已经用过了晚餐，便径直到办公室去翻阅积压的报刊，同时，打开半导体收音机，听一曲悠扬悦耳的广东音乐。顿时，觉得旅途的劳顿渐渐融释，全副身心都沉浸在诗一般的优美、和谐的意境里。突然，电话铃声大作，是妻子打来的，说是家里的昙花已经绽蕾，马上就将开放，催我急速赶回去观赏。

这是一个月白风清、沁凉如水的秋夜。空气像新鲜的牛奶一样清净，吸上几口，凉爽而恬适。但是，因为"昙花一现"这句成语萦结在心头，我不敢作片刻流连，只好三步并作两步，匆匆忙忙地追踵芳踪。

推开屋门，只见雪亮的灯光下，妻子正全神贯注地观察着那盆平素很不引人注意的昙花。在扁平的叶状新枝的边缘，翠玉般的花蕾无风自荡，颤颤摇摇，似乎不胜负载，过了一会儿，竟和电影特写镜头里的一模一样，逐渐地张开了，中心涌射出一簇黄澄澄、金灿灿的花蕊，每一茎都像纤细的金丝，又像粉蝶的触须，在微微地颤动。四围的层层花瓣上的每根筋络，还在拼力地向外舒展，仿佛要把积聚了多年的气力和心血尽情地倾泻无遗，要把全部的美和爱一股脑儿奉献给培育它的主人。

花冠大似碗口，晶莹如玉，洁白胜雪，透出浓郁的幽香，沁人心脾。那空灵俊逸的神韵，轻轻摇曳的身姿，使人联想到郁郁葱葱的树冠上的一朵飘忽的白云。我连大气也不敢嘘出，唯恐一不小心将它吹荡开去。

按照我们中华民族以雅致为核心的审美观，这艳而不亵、冶而不娇的昙花，堪称花中圣品。无论是“竞夸天下无双艳，独占人间第一香”的牡丹仙子，“开处自堪夸绝世，落时谁不羡倾城”的西府海棠，还是“水上轻盈步微月”的水仙，“烂红如火雪中开”的山茶，都无可比拟。

有人嫌它花时太短，惊鸿一瞥，稍纵即逝。其实，这是过苛的挑剔。长短总是相对而言的，而且，决定事物价值的往往是质而不是量。生命无论短长，关键是看它有无亮色；没有亮色的生命，再长也不过是一片虚空。何况，人生七十古来稀，即使寿登期颐，放在无始无终、万古如斯的时间长河里，也只是短暂的“一现”。只要能在这“一现”之中，像一颗陨星冲入大气层之后，能在剧烈的摩擦中发出耀目的光华，自尔神采高骞，同样称得上星云灿烂。

为着追求唐诗中“昨夜月明浑似水，入门唯觉一庭香”的意境，我顺手关掉了电灯，使昙花在皓月清辉中显现其空灵淡雅的芳姿。妻子认为，这样美好的景色，只是两个人欣赏，未免辜负了它的一片芳心。她提议招呼一些亲邻好友来共同赏花。古人说：独乐乐，不若与人乐乐。在一般情况下，这无疑是真理。但此刻我却认为，还是保持一种静穆的气氛为好。

在这一片光雾迷离之中，只容意念回旋，不宜有过多的人物点缀。那种歌鼓喧阗、笙簧齐奏的聒噪，与夫千门如昼、嬉笑冶游的粗俗，对于昙花来说，都是很不适宜的。史载，南宋画家、词人张铉当牡丹开放时，招邀好友举行赏花盛会，宾客齐集后，吩咐开帘通气，立刻满座皆香，然后伴以歌姬舞女，檀板清樽，喧腾彻夜。这种厚爱施之于昙花，大概是难以忍受的。

据说，昙花原属热带植物，为了避开日间的燥热，便躲在深夜里开花。它并不计较条件的优劣、土壤的肥瘠，淡泊自甘，多予少取；勘破了名利关头，不愿取悦于人，招蜂引蝶。它同“出淤泥而不染”的莲花，笑傲秋霜、幽香独抱的菊花，实可并列而为“花国三清”。

此时，和平恬静的空间完全为奔走不停的秒摆所占据。“当、当、当”，时钟敲了十二下，妻子回到寝室去睡了。我默坐一旁，仔细地端详着掩映在清冷的月华下的隽秀的幽姿。超逸，雅静，妙相庄严，通体明亮。这哪里是花，分明是一颗怦怦跳动着的心！此刻，我的胸臆里既满怀着兴奋，也夹杂着一种带有苦涩味的酸楚与歉疚，真个是舌兼五味，百感交集，不觉慢慢地沉浸在如烟往事的回忆里。

三年前，暮春时节，一位朋友赠给我一段昙花的叶状嫩枝。

抱着试试看的心情，我顺手将它插在一个幼苗尚小的菊花盆里。十几天后，它竟扎下根须，渐渐长大起来。我于养花一道，纯属外行，如何给水施肥，全然不懂。有时看盆里发干，就随手将一大杯凉茶倒进去。赠花的朋友发现后，嗔怪我硬拉着李逵去跟张顺泅水。原来菊花耐湿，而昙花喜干，我这么“一锅煮”，岂不苦了它也！此后，我就把它移进另一个小花盆里。转眼间，一千个昼夜过去了，它由一段扁平的叶片，繁衍成几茎柱状青枝，于今已绿叶婆娑，高达数尺了。

劳人草草。每天我都怀着一颗忙碌的心，匆匆来去，早出晚归。回到家里，只觉得身心两乏，倒头便睡，几乎把培育昙花一事完全忘诸脑后，既没有按照植株大小换土更盆，也从未根据生长需要为它追施任何肥料，偶尔心血来潮，咕嘟嘟灌上半盆清水，谈不上及时，更未必合理。可是，这株昙花却全不在乎待遇的菲薄和条件的艰苦，凭着高度的使命感和顽强的生命力，经过长时间的蕴蓄元气，硬是“拼命三郎”似的在寂静的秋夜里悄然开放。唯一的追求就是把心灵中最美好的东西和盘托出，给人们以爱的温馨和美的享受。

冰心老人写过这样的诗句：

成功的花，
人们只惊羡她现时的明艳！
然而当初她的芽儿，
浸透了奋斗的泪泉，
洒遍了牺牲的血雨。

想到这些，我益发觉察到心中留下的缺憾。我筹划着，明春一定买个大花盆，满装上肥沃、松软的腐殖土，早早地把它移植过来，殷勤、合理地加以培护。

月亮下去了，屋里一片暗淡。我开亮了灯。呀！昙花巨大的花冠已经垂了下来，花瓣全部闭合了。再看那青葱的枝叶，似乎也渐形枯萎。这该是长期疏于管理，养分匮乏所致。昙花，昙花！为着绽放一朵奇葩，竟然使尽浑身解数，最后力尽而竭！做人果能如此，也就很够标准了。

记得《随园诗话》中记载过这样一个故事：一个叫陈浦的老寒士，带着自己的诗稿，请求当时的诗坛巨擘袁枚评点。袁枚日夕游宴于权贵、诗翁、才女之中，对这个寒士的诗稿并未重视，随手放在一边。几年之后，想起这件事来，取出诗稿细细品玩一遍，发现作者原是一个才分很高、颇有造诣的诗人，诗稿中不乏一些传世之作。他便忙着打听其人下落。不料，这位老寒士早已在贫病交攻之下黯然故去。袁枚满怀深情地录下已故诗人的七绝《醉后题壁》：

贫归故里生无计，病卧他乡死亦难。

放眼古今多少恨，可怜身后识方干（读平声）。

然后，凄然地在诗话里写道："呜呼！余亦识方干于死后，能无有愧其言哉！"

这里说的方干，是唐代的诗人，很有才识，科场失意后，息形山林，郁郁以终。后来，朝廷发现并承认了他的才干，追认他进士及第。但逝者已矣，已经于事无补了。历史上许多奇才俊逸之士，没身草泽，不为朝廷与社会重视，直到显露了才华，做出了贡献之后，人们才赏鉴其才识，但因贫病摧残，心力交瘁，往往为时已晚。这种情况，今天也时有出现。报纸上不是时常介绍一些生前未被重视，死后才予以赞美、宣扬的人才吗？

自然界的花卉自有其生长的规律，本与人事无关。但事有可鉴，理有可通，有时一些物象也能给人以深刻的启示。

人过中年，久经世事，已经淡化了昔日豪情似火的情怀。但在名花零落、深情悼惜之余，总觉得有一股激情在胸中喷涌。遂步寒士陈浦的七绝原韵，题诗一首，作为本文的结尾：

一枝素艳惜凋残，旋现旋消补过难。

顾理失时成大错，花中我亦负方干。

节假光阴诗卷里

宋代诗人陈与义有两句脍炙人口的诗：“客子光阴诗卷里，杏花消息雨声中。”据说，当时此诗就曾受到南渡后偏安一隅的宋高宗的激赏，以至作者被拔擢为参知政事。

此事深为清代文人张佩纶所诟病，他在《涧于日记》里写道：即此，足“以见其用人之轻。此何时，而以诗拔人耶！”批评得十分剀切。

不过，平心而论，这两句诗景而带情，洵为上品。因为喜爱它，我把“客子”二字易为“节假”，用来描述我的读书生活。

这里的“节假”属于泛指，既包括节假日、星期天，也包括课余、工余时间。每逢节假，一些青年朋友挈妇（夫）将雏，到两父母家欢聚，以尽人子之情，叙天伦之乐。如果风日晴和，有些朋友则与亲友一道，赶赴名园胜地，共尽游观之兴，或者趁雨天雪夜，聚三五朋侪，垒方城，跳伴舞，畅一日之欢。

我以为，节假期间无论省亲、访友、游玩、聚餐，都是正常生活的组成部分，纯属个人自由，无须他人置喙。

当然，这里有一个摆放在何等位置，支配出几许时间去安排它的问题。业余时间如何利用，绝非细事。爱因斯坦甚至说，人的差异就在于业余时间。业余时间可以造就人，也能够毁灭人。

古人以“三余”（冬者岁之余、夜者日之余、风雨者时之余）之时读书。毛泽东生前经常告诫身旁的青年：要让学习占领工作以外的时间。而且，他是身体力行的。可见，“节假光阴诗卷里”，以此作为人生一大乐趣的也大有人在。

十年动乱中，“读书无用论”颇为盛行，一度在社会上产生很大影响。近年来，“厌学”之风又有滋长，社会上讲究实惠的人增多了。用俄国19世纪民粹派的说法，“一双皮靴顶一个莎士比亚”。走笔至此，我记起了清代诗人朱彝尊针对重饮食轻读书的时尚而写的一首诗：

槛边花外尽重湖，到处杯觞兴不孤。

安得家家寻画手，溪堂遍写读书图。

马克思说：“我最喜欢做蛀书虫！”这道出了我的心声。我从六岁开始接触书籍，先是“三、百、千”启蒙，而后读四书五经、诗古文辞，到了“志于学”的年龄，在中学第一次走进了图书馆，一整天伏在里面不出来，从此，与书卷结下了不解之缘。

我的老师里没有叶圣陶、朱自清那样的名家，但是，他们自有其高明之处，就是从来不肯用繁杂的作业把孩子们的课余时间全部占满，而是有意无意地纵容、放任我们阅读课外书籍。我的父母也从不因为我在节假日埋头读书、不理家务而横加申斥。这大大地培植了我读书的兴趣，以后，便一发而不可收，像王羲之爱字、刘伶好酒、谢灵运酷嗜山水那样，与生命相始终，从来没有厌倦的时候。

但兴趣与自觉性还不是一码事。我的切身体会是，读书自觉性的形成，首先来自迫切的需要。我并不相信书中自有“黄金屋”“颜如玉”“千钟粟”之类的神话，但我相信培根说的“知识就是力量”，相信理论是行动的指南。我曾下过很大功夫埋头钻研马克思和黑格尔的著作，每读一次，都被其中强大的思想魅力所吸引，都有新的收获。

我也曾相信苏东坡所说的：“学如富贵在博收，仰取俯拾无遗筹。”因此，举凡左史庄骚、汉魏文章、唐宋诗词、明清杂俎，以及西方近现代的一些代表性学术著作，都综罗博览。后来懂得，书犹三江五湖，汇而成海，浩无际涯，而个体生命却是很短暂的，“任凭弱水三千，只能取一瓢饮”。所以，必须有所选择。

古诗中说：“人生七十古来少，前除幼年后除老。中间只有不多时，还有一半睡着了。”特别是人过中年，时间仿佛过得更快，“岁月疾如下坂轮”，光阴自当以分秒计，正所谓“时间常恨少，苦战连昏晓”。无论节假日、早午晚，一切工余之暇，我都攫取过来用于学习。即使每天凌晨几十分钟的散步，也是一边走路一边构思、凝想，甚至晚间睡前洗脚，双足插在水盆中，两手也要捧着书卷浏览，友人戏称为“立体交叉工程”。

1988 年 8 月，东北三省宣传部长雅集长春市，东道主举办舞会，盛情邀请客人出场。我因疏于舞艺，再三推辞，大家终不放过，最后只好即兴口占七律一首，才算“蒙混过关”，但诗中所述都属实情：

晚雨迎凉送暑天，未谙歌舞愧华筵。
非关左旧轻时尚，为恋诗书断雅缘。
盛会岂堪人寂寞，良朋空羡影翩跹。
吟诗且作他年约，重聚春城再比肩。

确确实实，是“为恋诗书”断了一切“雅缘”。

1990年9月，我还写过六首七绝《读书纪感》，都是心路历程和苦读生涯的真实写照。其中四首为：

绮章妙语费寻思，天海诗情任骋驰。
绿浪红尘浑不觉，书丛埋首日斜时。（其一）

伏尽炎消夜气清，百虫声里梦难成。
书城弗下心如沸，鏖战频年未解兵。（其三）

学海深探为得珠，清宵苦读一灯孤。
书中果有颜如玉，戏问山妻妒也无？（其四）

如饮醇醪信不诬，朝朝埋首勉如初。
情怀老大无稍减，沧海扬尘或忘书。（其五）

也许有人要问：这样埋头苦读，摒绝了各种娱乐活动，为什么不感到枯寂呢？

道理简单得很，凡事着迷、成癖以后，就到了“非此不乐”的程度，不仅没有厌倦情绪，有时甚至甘愿为此做出牺牲。柳永词中说的“衣带渐宽终不悔，为伊消得人憔悴”，正是这种境界。

看过《聊斋志异·娇娜》的，当会记得这样一个情节：娇娜给孔生割除胸间痈疽，“紫血流溢，沾染床席，而贪近娇姿，不惟不觉其苦，且恐速竣割事，偎傍不久”。

读书固然是苦差事，但苦中有乐，乐在其中。林语堂有个很幽默的说法：读书要能产生浓厚兴趣，必须在书境中找到情人，一旦“找到文学上之情人，必胸中感觉万分痛快，而灵魂上发生猛烈影响。如春雷一鸣，蚕卵孵出，得一新生命，入一新世界”。

说得很神秘，我至今尚无这样的体验，说明还不到火候。但书卷的吸引力是极大的，确是事实。

据笔记小说记载，明人屠本畯平生好读书，至老尚手不释卷。有人问他：“老矣，何必自讨苦吃？”他的答复是：“我于书，饥以为食，渴以为饮，欠伸以当枕席，愁寂以当鼓吹，未尝苦也。”虽然没有说“生活中当情人”，但迷恋之情并无稍异。

孔夫子当年读《易》，“发愤忘食，乐以忘忧，不知老之将至云尔”，不也是一种痴情迷恋吗？所不同的是，生活中的恋人贵在用情专一，具有排他性，而书境中的恋人则多多益善，而且这种恋情可以与众分享，绝不会招致麻烦，产生嫉妒。

我以为，林语堂说的在书境中寻找“情人”，也可以作为读书当求会心，读书是一种精神享受来理解。陶渊明就曾说过：“好读书，不求甚解，每有会意，便欣然忘食。”他在读过一些古籍之后，曾写了这样一首诗：

泛览周王传，流观山海图。

俯仰终宇宙，不乐复何如。

他觉得读了《穆天子传》和《山海经》，仿佛神游于几千年的历史长河和广袤无垠的宇宙空间，俯仰之间即可穷究宇宙的奥秘，真是欢快至极。

叩其所以然，或许是由于这两部书中所记述的神话传说，在一定程度上显现了我们种族的原始意象，积淀了我们祖先无数次的欢乐与愁苦，饱含着人类命运和远古生涯的残迹与奥秘。其中的黄帝、夸父、精卫、西王母、三青鸟、三危山等，都作为一座座路标，引导人们返回辽远的精神家园和熟悉却又陌生的人类童年，因而令人产生一种快感。

古人有“书卷多情似故人”“亡书久似失良朋”的说法，都是以书喻友，说明读书犹如会友。朋友中有畏友、诤友，也有昵友、腻友，书籍何尝不是如此。

陆游赞赏王深甫的作品，说：“此书朝夕观之，使人若居严师畏友之间，不敢萌一毫不善意。”同样，书中也有直面人生、直言规过、不留情面的诤友和“昵昵儿女语，恩怨相尔汝”亲热狎玩的昵友、腻友。

每当面对高大的书橱，我总觉得那些已经熟读过多次的书籍，颇似积年稔熟的老朋友，属于深交、挚友。古人诗句“旧书读似客中归”，说的正是那种老友重逢、联床话旧的亲切之感。有些书只是略加翻检，粗粗浏览一过，比之于朋友，好似初交乍见，不过点头之识。还有很多书罗列案边却未尝展读，这就像闻名未曾见面的友人，素昧平生，觌面不识。对它们冷落地挤在书架中，未得“周郎一顾”，我往往感到由衷的歉疚。

还可以说，读书是交友的延伸。交友受共时性限制，必须是同时代人才有交往的可能，而从书卷中则可以广交异代与异地的朋友，能够神游域外，上下千年，不受时空限制。也是陶渊明说的：

愚生三季后，慨然念黄虞。

得知千载外，正赖古人书。

这位老先生慨叹他出生在夏、商、周三代之后，虽然向往黄帝与虞舜的德政，却因“萧条异代不同时”，无缘得见，只有借助披览古代典籍，才能知晓千载以上的往事。

就是说，经由书卷这个门径，可以进入更深更广的领域，获得无穷无尽的知识宝藏。确如盲姑娘海伦·凯勒所言：“一本书就像一艘船，带领我们从狭隘的地方驶向广阔的生活海洋。”高尔基也说过：“似乎每一本书都在我的面前打开了一扇窗户，让我看见一个不可思议的新世界。”

列宁早在我出生十多年前就去世了。进一步说，即使我提早出生三十年，与列宁生活在同一时代，大概也无缘见到他。但是，书籍却给了我熟悉、接触这位伟大人物的机会。我读过许多描写列宁的书籍，其中尤以高尔基的回忆录《列宁》留给我的印象为最深刻。高尔基与列宁有着深厚的友谊，他倾注了全部的爱，以其敏锐的洞察力和卓越的表现力，为我们再现了这位伟大的人物。列宁夫人看过回忆录后，赞许说：“整个列宁是栩栩如生的”，“写得好极了”。我们在高尔基的笔下，不仅看到了列宁特异的丰姿，而且了解了他的精神世界，仿佛活生生的列宁就站在我们面前。

最令人难忘的是列宁的一段话。高尔基回忆说：一次，列宁用一种特别轻巧、温柔的手势抚摸着孩子，说：“这些孩子将来一定会比我们生活得好些；我们生活中遭遇过的很多东西，他们是不会经历了。”沉思一会儿，他接着说：“可是，我毕竟不羡慕他们，我们这一代已经完成了一桩在历史上有惊人意义的事业。”前一时期，我曾回味过列宁这些感人肺腑的话。列宁当年抚摸过的孩子，如今也都进入了耄耋之年，他们可还记得这些掷地有声的时代强音吗？

数千年来，我国无数文人、骚客、旅行家，凭着他们对山水自然的特殊的感受力，丰富的审美情怀和高超的艺术手法，写下了汗牛充栋的诗歌、散文，为祖国的山川胜迹塑造出画一般精美、梦一样空灵的形象。一篇在手，可以心游象外，悠然神往，把心理境界、生活情趣和艺术创造的第二自然作为三个同心圆联叠一起，不啻身临其境，而又能免却鞍马劳顿，解除风尘之苦。

我曾在一年秋天游览了杭州西湖，有幸看到了“三秋桂子”，却无缘观赏“十里荷花”；而且，由于来去匆匆，与许多名胜都失之交臂，深感怅惘。回来后，翻出明人袁宏道、史鉴、张岱等人的西湖游记，未出斗室，而极四时之娱，览八方之胜，算是补上了这种缺憾。

当然，我这样说，绝没有以读书代替实践的意思。实践是认识的基础。“纸上得来终觉浅，绝知此事要躬行。”所以，我们既要读有字之书，又要到社会实践中去读无字之书。单就旅游来说，卧游、神游、梦游、醉游，无论怎样空灵浪漫、富有诗意，也都代替不了实地考察、亲身经历。

不过，话又说回来，即使身临其境，也需要从容玩味，细心含咏。如果像《儒林外史》中马二先生那样漫游西湖，只是吃熟牛肉，喝大碗茶，瞧贵妇人进香，看阔人家请客，于湖光山色全无会心，所得也就微乎其微了。

我 的 四 代 书 橱

古有惠施“腹载五车”，边韶“腹便便，五经笥”的佳话。《明史·文苑传》记载：周玄“尝挟书千卷止高棅家，读十年，辞去，尽弃其书，曰：‘在吾腹笥矣。’”腹笥繁富，自是令人艳羡，但其人终属奇才异秉，而平凡如吾辈者流，大概是无法企及的。因此，自幼便渴望有个专门藏书的书橱。

这个愿望，在20世纪60年代之初终于实现了。书橱样式，即在当时也谈不上新颖，但十分宽大、坚固。抬将过来，居然有二三同道称羡不已。他们帮我把二十年来积聚起来的书籍一一细心地存放进去。其中，新中国成立后出版的新书居多，也有我在童蒙时期读过的“四书五经”、《纲鉴易知录》、《古唐诗合解》、《昭明文选》等旧书数十种。

“书卷多情似故人，晨昏忧乐每相亲。”它们原来挤压在几个木箱里，随我出故里、入县城、进都市，历尽流离转徙之苦。于今，看到这些“故人”终于有了安身立命之所，心中颇觉畅然，甚至有一种“向平愿了”之感。

当时书价低廉，但薪俸也少，去掉必要的开支，已经所余无几。每当走进书店，总是贪馋地望着琳琅满架的新书，不想移步，无奈阮囊羞涩，只能咽下唾液，空饱一番眼福，无异于“过屠门而大嚼”。尽管如此，几年过去，书橱里竟也座无虚席。工余归来，即使再累再乏，只要启开橱门，浏览一番书卷，顿觉神怡目爽，倦意全消。

不料胜景不常，“文革”到了，“破四旧”的狂飙席卷全城。自忖橱中书籍十之八九当在横扫之列，为了安全度过劫波，只好将它们再度塞回木箱，放置在楼顶天花板上。尽管有些过意不去，但形势所逼，也只好屈尊了。转眼间三年过去，我从劳动锻炼的工厂归来，进门第一件事，便是从楼顶上搬下木箱，拂去蛛网尘灰，将书籍重新摆上书橱。“故友”重逢，恍如梦寐，相对唏嘘久之。

70 年代后期，大批新书上市，许多旧版书也陆续重印。冷落已久的书店，又是熙熙攘攘，门庭若市了。我呢，由于十年间物资匮乏，开销不大，手头略有些许积蓄。这样，几乎每次从书店出来，都要带回几本新书。加之，在海、北、天、南等大都市工作的朋友，知我嗜书如命，也都纷纷为我代购。一时间，床头、桌下，卷帙山积，竟然“书满为患”。于是，我又添置了两个新的书橱，是为第二代。

80 年代中期，散文集《柳荫絮语》出版后，我开始了随笔集《人才诗话》的创作。当时，做了两方面的准备：一是购置与借阅上百种历代诗词别集、总群集，从中选出三百余首与人才问题有关的诗词；二是搜集、研读各种人才学论著，以及古今中外关于人才问题的故实、逸闻、佳话。在此基础上，兼顾“人才诗”（这是我杜撰的一个名词）的内容与人才现象、人才思想、选才制度、成才规律等各方面课题，拟定近百个题目，边准备，边构思，边创作，以文学的形式、史论的笔法，把情与理、诗与史熔于一炉，每月可得五六篇。其中有些篇章，曾在《人民日报·海外版》“望海楼随笔”专栏中刊载过。通过这部书的写作，我有机会研究了大量诗文典籍，也积聚了相当数量的书籍。为此，我又新置了两个书橱，是为第三代。

进入90年代之后，新书出得更多，但书价之高昂，令人瞠目咋舌。这期间虽然我又出版了三本散文集、一本旧体诗词，但稿费无多。好在“天无绝人之路”，因工作之便，可以定期收到省内各出版社的样书。日积月累，数量也颇为可观。我还利用业余时间，从事美学与清前史的研究，相应地置备一些有关学术著作。适应这些方面的需要，我添置了两个高与梁齐、装上有机玻璃拉门与铝材滑道的现代化书橱。后来居上，这第四代可称是佼佼者了。

多年来，书籍随进随放，见缝插针，有些杂乱无章。最近，我运用宏观调控手段，对它们进行一次综合治理，实行分级管理，分类陈放。藏书中，以散文与诗词为多，我让它们进驻第四代书橱；史书与理论、学术著作，由第三代书橱安置；第二代书橱中，一个用于存放诗词、散文以外的文学著作，一个用于存放各类社会科学杂著，三教九流，百家诸子。

与上述三代书橱相比，制作于60年代的第一代书橱，未免有些寒酸、陈旧，有的朋友劝我改作他用，另置新橱，我却敝帚自珍，割舍不得。算来，它已经与我同甘共苦三十年了，伴我由青春年少到绿鬓消磨，渐入老境，彼此结下了深厚的情谊。“贫贱之交不可忘”，我为它派下了特殊用场，专门陈放各地文友签名、惠赠的书籍，现已达到几百种了。

四代书橱，比肩而立，占去了我的卧室与客厅的半壁江山，使原本就不宽敞的居室显得更为褊窄。但环堵琳琅，确也蔚为壮观。纵然谈不上桂馥兰馨，书香盈室，但“四壁图书中有我”，毕竟不失雅人深致。尽可以志得意满，顾盼自雄，说上一句：“丈夫拥书万卷，何假南面百城！”

清夜无眠，念及众多古圣先贤、硕学鸿儒、骚人墨客，各以其佳篇名著，竞技闲庭，顿觉蓬荜生辉，萧斋增色。陶彭泽当年不为五斗米折腰，而今却伫立橱中，静候主人光顾；而开创了中国大写意派，“病奇于人，人奇于诗”的徐文长，也居然俯首降心，屈己以待。

惭愧的是，橱中只有部分书籍我曾匆匆过眼，余则连点头之识也谈不到。我当在有生之年，焚膏继晷，夕惕朝乾，加倍地黾勉向学，以不负诸贤的青睐。

买豆腐

黎明即起，我的第一件事，便是到街头去买豆腐。

湿润、清冷的晨风飘送着豆制品厂散发出的浓郁的豆香味，吸进鼻腔，感到分外惬意。不大工夫，一辆辆满放着豆腐盘的推车便在大街小巷中出现了。应着售货员的曼声吆唤，人们端着盆、碗，从各个角落杂沓地攒来。

我一般都是在靠近十字街口的一处摊床上买豆腐的。由于我是常购不辍的顾客，两位卖豆腐的姑娘已能准确地判断出我哪些天没在市内，并能根据我购买的块数，测定我家是否来了客人。

一次，卖豆腐的姑娘问我：“你们天天吃豆腐，不感到腻味吗？”我笑着回答：“豆腐是美味佳肴。过去说，什么客什么样待，庄稼院客豆腐菜。现在，可发生了大的变化，豆腐已经跨进了富贵之家。‘青菜、豆腐保平安’啊！”一番话，引逗得人们发出一阵会心的笑声。

我的这番话可是言之有据的。科学分析表明，大豆中含有40％的蛋白质和20% 的脂肪，大大超过了瘦肉、鸡蛋、牛奶中这两种养分的含量。此外，还有胡萝卜素、硫胺素、核黄素、尼克酸等为人体所必需也容易吸收的营养素，对人们的肌肉、脏腑、神经、血液、内分泌等都大有裨益。这一点早为古人所认识。成书于宋代的《延年秘录》中说，久服大豆食品，可以“长肌肤，益颜色，填骨髓，加气力，补虚能”。

随着科学知识的普及，许多人家从营养学角度考虑，与豆腐结了缘分；更多的人对豆腐垂青，则是从经济、实惠、方便着眼，特别是城市中的一些双职工。数九隆冬，寒风凛冽，喝上一碗热气蒸腾的豆腐汤，立刻觉得暖意盈怀。若是时间迫促，来不及动烟火，舀上一勺儿碎葱、炸酱，将豆腐搅拌来吃，也照样可以大快朵颐。

豆腐最易吸收其他滋味，同肉、蛋炖在一起便有肉、蛋味，同鱼一块烹调便里外溢满了鱼香。如果煎豆腐汤放些嫩绿的菠菜，那就色、香、味俱全，邀得了“清香白玉板，红嘴绿鹦哥”的芳名。

我们莫要小瞧这道“庄稼菜”，据说，光是传统的烹制方法就在千种以上。相传豆腐的祖师爷、西汉淮南王刘安所在的八公山的豆腐，以用料讲究、研磨匀细、味美鲜嫩闻名于世。也有人认为，桐城豆腐最称上乘，有词为证：“桐城好，豆腐十分娇。把足酱油姜汁拌，煎些虾米火锅熬，人喝两三瓢。”

清代宫廷中专门设有豆腐房。康熙大帝南巡时，特赐巡抚宋荦“豆腐宴”以示宠，足见豆腐在清宫廷中之地位。道光年间，山东按察使梁章钜曾在济南大明湖畔的荔枝馆吃过一味豆腐，尔后终生称道，以至“每每触思此味，则馋涎辄不可耐”。

据清代著名诗人袁枚记载：

蒋戟门观察招饮，珍馐罗列。忽问余：“曾吃我手制豆腐乎？”曰：“未也。”公即着犊鼻裤亲赴厨下，良久擎出，果一切盘飧尽废。

因而，这位名闻遐迩的美食家断言：“豆腐得味，远胜燕窝。”

也是这位袁公，在向别人求教一种“雪霞羹”豆腐的做法时，主人故意逗他：“古人不为五斗米折腰，汝肯为豆腐三折腰，我即授汝。”这位大诗人真的行了三鞠躬礼，遂得其秘。毛俟园曾吟诗记载其事：

珍味群推郇令庖，黎祁尤似易牙调。

谁知解组陶元亮，为此曾经三折腰。

当然也有例外，宋代的理学家朱熹就终生不吃豆腐。但那并非由于滋味不鲜，而是老夫子迂腐所致——他发现豆腐做出后，重量超过大豆、水分、配料重量的总和，“格致”再三，不得其解。

豆腐，早已活在古代文人的笔下。古语称豆腐为“黎祁”，陆游就有“洗釜煮黎祁”的诗句。古籍《坚瓠集》载，豆腐有“十德”，如无处无之，为“广德”；一钱可买，为“俭德”；食乳有补，为“厚德”；水土不服，食之而愈，为“和德”……近代小说家兼戏剧家徐卓呆曾为一位好友题写纪念册，其词云：“为人之道，须如豆腐，方正洁白，可荤可素。”还有一位贫士拟过这样一副诗联：“大烹豆腐茄瓜菜，高会山妻儿女孙”，以表现其清苦生活和天伦乐趣。

特别是那首流传很广的《咏豆腐》七律：

传得淮南术最佳，皮肤褪尽见精华。

一轮磨上流琼液，百沸汤中滚雪花。

瓦缶浸来蟾有影，金刀剖破玉无瑕。

个中滋味谁知得？多在僧家与道家。

描形拟态，惟妙惟肖，说它是一副道地的“春灯谜”，亦无不可。

至于豆腐同广大群众的关系，那就更是十分密切了，可说是达到了生根发芽、水乳交融的程度。它渗透到日常生活中各个领域，以至许多俚言俗语都用它来作为对照物。形容某人嘴硬心软，叫“刀子嘴，豆腐心”；说明哪个人个头小，叫“三块豆腐高”；比况两方面实力不等，相差悬殊，叫作“雷公打豆腐”。其他像“小葱拌豆腐——一青（清）二白”，“卤水点豆腐——一物降一物”，“武大郎卖豆腐——人熊货软”，等等，举不胜举。连地方戏曲里还有《双推磨》这样一桩“豆腐姻缘”哩。

豆腐在人们心目中的地位，不在鱼、肉、蛋之下。市民的主要副食，夏、秋两季是青菜，冬、春便是豆腐。看来，这道家常便菜确是不可或缺的。也正是为此，我便成了豆腐摊旁的常客。

当然，在我来说，买豆腐还有更大的收获。每天同市民一道排队，使相互间的感情贴近了，共同语言增多了，从而可以获得许多在其他场合难以获得的舆情和信息，及时听到各个阶层群众的不同反映。其中，既有对领导机关善政的揄扬，也不乏对某些工作失误的批评，包括对社会上一些不正之风、个别干部腐败现象的深恶痛绝，以及对于治安秩序不良的忧虑，都是很好的月旦评、群言录。在买豆腐的行列中，常有机关、学校、工厂的一些熟人过来唠嗑儿，趁便谈了心，办了事。

有时，唠着唠着，竟忘记了家里等着豆腐下锅，直到远远地看见扎着围裙的妻子正在楼头焦急地张望，才赶忙道声“再见”，端着豆腐盆抬腿走开。

还　乡

乡心、乡情、乡愁，颇像一曲古老而又充满温馨的歌谣，每当灯火阑珊、夜深人静之时，它就会似隐似显、忽远忽近地悄然在耳边响起，牵动着游子的情怀。这时，真恨不得两胁倏忽长出一双翅膀，翩然飞向云端，尽快投身到故园的怀抱里。可是，想望终归是想望，当你真的要束装归里了，却又常常颇费踌躇。

人本身就是复杂而矛盾的动物，这类反常情况不时地出现，而且，原因有多种多样。五代时有个诗人名叫韦庄，故乡在陕西长安杜陵，在他的诗词中，不时可以看到心“留秦地”、晓“望秦云”，“雁带斜阳入渭城”之类怀恋故土的句子。可是，待到真的有机会回去了，他却要说：“未老莫还乡，还乡须断肠。”其意若曰，比起故园来，江南的生活更加值得留恋：这里不仅有“春水碧于天，画船听雨眠”的水乡佳景，而且，最令人迷恋的，还是那花容月貌、皓腕凝霜的垆边丽人。因此，当青春年少之时，应该在这风月繁华之地纵情游冶，诗酒风流，充分享受每日的生活。只有到了步履蹒跚、情怀索寞、游兴顿消的迟暮之年，才不得不打点行囊，再谋归计。

这种心理矛盾、行为反常的情况，我也曾实际体验过——当然情况迥然有别。中学时代，我住在县城的学校宿舍里，大约隔上半年才能回乡一次。由于渴盼着回家，提前多少天就已经心旌摇荡了，睡不好觉，吃不好饭，合上眼睛就觉着是走进了家门。可是，及至真的走进了村子，却又“足将进而趑趄”。原来，我那时刚刚戴上了一副近视眼镜。直到20世纪五六十年代，在偏僻、闭塞的农村，还几乎看不到戴眼镜的人，电影里、舞台上倒是常见，但不是洋鬼子、狗特务，便是老财主、大掌柜，总之都不是正面形象。偶尔有个戴着眼镜的人当街走过，定会遭到乡邻老少的冷眼，甚至会指着脊梁骨，骂一声“臭美”“唬洋气”。因此，每次放假还乡，离村很远，我就把眼镜摘下，揣进怀里。

可是，这样一来，新的尴尬又出现了。由于眼睛近视，辨不清楚迎面过来的人是熟悉的还是陌生的，是张家二叔、李家大伯，还是完全不相干的过路人。有心主动打个招呼，又怕认错了人，闹出笑话；不打招呼吧，更怕果真是个熟人，被人家指责为“眼眶子高，架子大”。最后，只好一路低着头，目不旁视，“近乡情更怯，不敢看来人”。

在时下的青年人看来，这种做法着实可笑，完全是自讨苦吃，多此一举。索性你就戴上眼镜，大大方方地走进村子，谁还能把你怎么样？无非是开始看不惯，三回两回过去，人们了解了实情，也就见怪不怪了。可是，在当时我却缺少这样的勇气。

“少小离家老大回”，这又是一种情况。在一般人看来，这应该是不会大费周章的。但是，实际上，却并非想象的那样简单，恐怕是不同人有不同的难处，不同的苦衷。依现今乡下的惯例，凡是久别归来的人，不管你愿意不愿意，都免不了要经受一番街坊邻里、亲戚故旧的直接或间接的、令人十分厌烦的盘查：多年在外，混出了一个怎样的名堂？是不是发了大财，或者谋得了一官半职？结婚、生子没有？他们都干什么？遇有年轻一些的，还会被问到为什么没有带回一个俊俏的媳妇或者如意郎君？……完全都是无须他人过问的个人私事，诌一句文辞儿，叫作“干卿底事？”可是，有些人偏是分外关心，爱管闲事。

闲谈中，一位少时同学说起了他回乡时遭遇的尴尬场面。他是在离别故乡三十三年之后重返家园的。这天，当他背着沉重的包裹出现在邻居、亲人面前时，还没说上几句话，就觉得满院子的人所有的眼光同时射向他那已经爬满了皱纹的脸上，射向鼓鼓囊囊的大包裹。进屋之后，自然是寒暄，是问候，是热泪盈眶，是沏茶倒水……但是，最终总要问起：当了一个多大的官儿？每月能赚多少票子？住的是楼房还是瓦房？老婆、孩子都干什么？他们为什么没有同来？而在一一作了答复之后，就要一样一样亮出行囊里的家底，当着三叔二伯、七姑八姨的面儿，逐个地把礼品分送到眼前。花费了很多钱自不必说了，最难处理的是如何答对得周到、圆满，摆布得四平八稳。这是一件十分麻烦、颇费脑筋的事，必须在还乡之前，就通过信件事先询问清楚，做出妥善的安排；否则，万一有个遗漏，出现了闪失，便会招来不快，直到你离开了许多日子，亲友、乡邻们还会嘀咕个没完。

在外面没有混出一点名堂来，自然没有脸面还乡，所谓“无颜见江东父老”。战国时的苏秦，游说秦王没有成功，裘敝金尽，形容枯槁，“归至家，妻不下纴，嫂不为炊，父母不与言”。其窘促之状，恰如唐人诗中所写的“归来无所利，骨肉亦不喜。黄犬却有情，当门卧摇尾”。这种情况，可说是自古已然，于今为烈。

那么，发迹了、出息了的，就肯定有勇气面对回乡这个现实吗？也不见得。俗话说：好狗护三邻，好人护三屯。你曾否为故乡的发展做出过什么贡献？还有，三叔的儿子的工作，你帮助没帮助安排？小舅子的女儿上大学了，你是否有过资助？还有大姑奶的外孙子、二伯父内弟的小女儿托你办的事，你都办得怎么样？一切一切，返乡之前，都必须想得周全，有个着落；发现有什么未尽事宜，能够弥补的要及早加以弥补。在这些碰头磕脸的事获得妥善处理之前，最好先别忙着回去。不然，酸言冷语，闲言碎语，七七八八，都够你“喝一壶”的。

其实，上述问题尽管十分琐碎，却还可以料理，真正令还乡游子伤情无限的，还是故乡的一切已经面目全非，旧时的踪影竟然随着童年的飞逝消失净尽。想象中的甜美与热切的期望，无法代替瞬息万变的残酷现实。于是，还乡同时就意味着失落，往往就是一番感伤之旅，凄别之旅。

故乡，令我永生眷恋的是门前的大沙岗子。那里是我儿时的乐园。沙岗上长满了大可合抱、小则瓦罐粗细的各种林木，远远望去，蓊蓊郁郁，势若云屯。不管多么热的暑天，只要往那里看上一眼，立刻会感到浑身凉爽。树上缀满了鸟巢，傍晚时节，乌鸦、喜鹊、各种叫不出名称的鸟儿，纷纷归巢，黑压压的，遮天盖地。冬天傍晚，朔风骤起，林木震撼，发出一种呜呜的声响，杂和着屋后怒潮、奔马一般的没有遮拦的北风烟雪，坐在屋子里竟有置身舟中的感觉。春天来了，杨花、柳絮、榆钱纷纷扬扬，漫空飘洒，织成一片烟雾迷离的空蒙世界。清晨起来一看，院里院外，恍如雪花铺地。我父亲每天都扫个不停，沙沙沙，唰唰唰，至今还仿佛活在我的梦里，响在我的耳边。然而，这一切都早已化为乌有了，经过“公社化”“大办食堂”的乱砍滥伐，于今不仅长林古木杳无踪影，而且连大沙岗子本身也已经夷为平地了。

还有那“芦花千顷水微茫”的迷人景观。小时候，南大洼的片片芦花，年年都为秋风引路。中秋月圆前后，雁声嘹唳在长空里，碧水、黄芦之上，苇花热烈而繁华地盛开着，迎着遍野金风，它们一排排地起伏荡漾，像白浪滔滔，洪潮滚滚，却听不见拍岸的声响。整个村落，罩上一层霜雪般的茫茫花雾，宛如浮荡在虚无缥缈的童话世界里。现在，这一切已经全然不见了，弥望的是横不见地边、纵不见地头的清一色的稻田。面对着这般般变化，心头总觉得好像是缺少了一点什么。

回到故乡，你最想见上一面的也许是年轻时钟情无限的女友，平时不知有多少次，只要记起她的名字，脑际便立刻重现出那盈盈的笑靥，俊俏的丰姿。可是，当这一时刻终于来到了，站在你面前的却是一个齿豁发疏、皱纹满脸的老妪，你会惊诧得叫出声来，下意识地低下了脑袋，不忍心再多看上一眼。紧接着涌上来的一个念头，便是：我在她的眼里，不也是如此吗？此情此景，便使一切都意兴索然了。

这里反映出一种心理上的变化，许多事物在孩子和成年人眼中，是迥然不同的；同样一种事物，在阅历不同、心境各异的人看来，也会产生截然不同的印象。本来，对于故乡的认识，游子们无一例外地都会夹杂着浓重的感情色彩和想象、向往的成分。原本十分鄙陋的乡园，经过记忆中漫长岁月的刷新，在离人的遥遥思念中，已经变作温馨的留念与甜美的追怀，化为一种风味独具的亮点，放射出诗意的光芒。在回忆的网筛过滤之下，有一些东西被放大了，又有一些东西被汰除了，留下的是一切美好的追怀，而把种种辛酸、苦难和斑驳的泪痕统统漏出。

当然，这一切都须以淡淡的追怀、遥遥的思念为前提，当你一朝踏上了归途，真的把故乡收进眼底，那种失望与迷茫的心情便会蓦然涌起，一种追求与幻灭交织着的情怀，会令你深悔此行，觉得真不该生生地吹破了这个美丽的肥皂泡儿。借用大文豪普鲁斯特颇带感伤意味的说法：我们徒然回到我们曾经昼思夜想的埋葬过温馨童年的地方。

清人有“老经故地都嫌小”的诗句。其实，何止小呢！说是“故地”，早已无“故”可言了。我们已经没有可能重睹过往的一切，因为它们不是寄形于空间，而是存储在时间里。

时间，恰恰是时间发生了变化，重游旧地的人已不再处于曾以自己的热情装点过那个地方的童年。

收拾雄心归淡泊

一

莎士比亚在喜剧《皆大欢喜》中，借杰奎斯之口说，世界是个大舞台，所有的男男女女不过是一些演员。一个人在一生中扮演着多种角色，可以分为七个时期：最初是在保姆怀中啼哭、呕吐的婴儿，然后是满脸红光、背着书包、很不情愿地走进课堂的学童，然后是“像炉灶一样叹着气”、咏着恋歌的情人，然后是爱惜名誉、好勇斗狠的军人，第五个时期变为满嘴都是格言和老生常谈的法官，第六个时期成了鼻子上架着眼镜、腰边悬着钱袋、形体精瘦的龙钟老叟，最后一场是孩提时代的再现，全然的遗忘，没有牙齿，没有眼睛，没有一切。把整个人生描绘得形象、深刻，惟妙惟肖，十分耐人寻味。

但我觉得，如果从中国的文化传统背景出发，按照习惯说法，把人生的童年、青年、中年、老年四个阶段分别比喻为一年的春、夏、秋、冬四个季节，倒是很贴切的。

阳春烟景，万物昭苏，充满了生机，饱绽着活力，颇像一个人的少年时代。但初春发出的幼芽，毕竟未曾饱经风雨，没有受过磨折，还不免有些娇嫩、稚拙。待到炎阳播火的夏日，滚滚鸣雷赶着一阵阵的疾雨，“绿遍郊原白满川”，正是谷物茁壮成长的时节，有如人生处于青壮之年。大时代的弓弦呼唤着年轻的胳臂，风帆鼓满，豪气冲天。

秋天是成熟的季节，收获的季节，人到中年正是如此。经验丰富，阅历深广，情怀由浪漫、激烈而至于深沉、阔大，处事由粗犷、焦灼变为成熟、稳健，像封存日久的佳酿、品味甘醇的水果一般。如果说青年生活于未来，老年生活于过去，那么，中年则生活于现在，更加注重实际了。

在人的一生中，老年虽为收敛时期，是生命的黄昏，却也意义充盈，丰富多彩，像一年四季中的冬天一样。冬天是透明的，蓝天澄明高爽，白云浅淡悠闲，“落木千山天远大，澄江一道月分明”。冬天可以使人透视宇宙万般，冬天使人清醒。由于它接受了春的绚烂、夏的蓬勃、秋的成熟，因此，冬天也是充实的。

与此相似，作为命运交响曲的第四乐章，老年包容了生命之旅中的欢欣和烦恼、期待与失望、颂赞与非议、慰藉和苍凉，领悟着哲学意义上的宁静与超然，称得上是人生的冠冕。在七色斑斓的黄昏丽色中，继续演奏着生命真实的凯歌。最后，生命火花闪灭，树高千丈，落叶归根，一切都返回大地母亲的怀抱，消融于苍茫无尽之中。

在一年四季中，我最喜爱的是明艳的秋天。我爱它的丰盛、充实、成熟、圆满。林园漫步，处处光华耀眼，硕果盈枝，或丹红，或金黄，或绛紫，沐浴着艳美的秋阳，清香四溢，供人们恣意赏玩，尽情采撷。我爱秋天的清凉明澈，深沉淡泊，这远远胜过春天的喧嚣、浮躁，夏日的热烈、张狂。

唐代诗人刘禹锡有一首寓有深刻哲理的《秋词》："山明水净夜来霜，数树深红出浅黄。试上高楼清入骨，岂如春色嗾人狂。"他说，面对苍凉萧瑟的秋光，人们会觉得思想沉静，心境澄明，清爽入骨，精神振奋，而那千娇百媚、浓艳繁华的春色，却会挑动人沉酣迷乱，浮躁轻狂。秋天由炎炎夏日的繁华、激越转入宁静、安详，使人思想深邃，头脑清醒，有助于沉静地思考一些问题。比如，每当我面对白云、黄叶、雁阵、澄潭的无边秋色时，都联想到人过中年也应该像秋天那样，"收拾雄心归淡泊"，绚烂至极归于平淡。

二

淡泊，是一种人生哲学，一种生存方式，也是一种审美文化。它的内涵十分丰富，大体上涵盖了平淡、冲淡、素淡和散淡等多方面的意蕴，反映出一个人内在的襟怀与外在的风貌，但集中地表现为一种人生境界，一种精神涵养。

"少年心事当拿云。"人在年轻时节，雄心勃勃，豪情四溢，充满了奇思狂想，敢于藐视权威，勇于冲锋冒险，不主故常，不怕失败；在青年心目中，无事不可为，无事不能为。这是最为难能可贵的。当然，有时也会闯出一点"乱子"，撞下几处伤疤；由于虚荣心作怪，或者经验不足，有的也难免逞强、使气，显示、卖弄。

"春行秋令"，要求青年人都像老年人那样宁静与淡泊是不现实的，也是不应该的。及至他们饱经世事的磨炼，"阅尽人间春色"，历遍世路艰辛，"淡妆平步入中年"，那时，便会显得成熟与干练，不再担心失去或者错过什么，也不肯茫然地赶冲某种喧腾的热浪，便会觉得天高地阔，极目悠然。

这种宁静与淡泊，会使人们显示智慧的灵光、超拔的感悟，以“过来人”的清醒与冷静，对客观事物作静观默察，持超拔心态。平淡不是消沉，乃是修养已深，思想和见解均已成熟，返于纯粹自然，而无丝毫做作。因为是自然的表现，不能包装，也无法模拟。

如果拿文学来比拟，这种人生境界，有如陶渊明的诗文，看起来平淡质朴，却是无从学起；李太白、苏东坡的作品也是这样，纯粹自然，近于天籁，后人也有刻意模仿的，但总是学不到家。平淡是诗文中的一种很高的境界，苏东坡就有“寄至味于淡泊”的说法。

平淡不是气象萧索，不是淡而无味。苏东坡说：“大凡为文，当使气象峥嵘，五色绚烂，渐老渐熟，乃造平淡。”看来，平淡正是臻于成熟的表现。诗文如此，人生何独不然。

正是由于淡泊是一种人生境界，在人的心理素质上，首先要求能够看得开和放得下。看得开事物的发展规律，对于名利、权势等身外之物不可看得过重。庄子讲过，外物偶然到来，只是寄存于此，寄存的东西，来时不能阻挡，去时不能挽留。有些人在对身外之物的追逐中常常迷失了自我，这实在是一种缺憾。

而且，“万物都有待尽之日，岂有吾人可得长生不死之理”（朱熹语）。只要看开了“生命无常”这个自然法则，懂得一身是随着“大化”而存灭的，能在精神上超越死生的拘牵，那样，自然也就会放得下对于世间利害、得失和人事升沉、荣辱的执着，养成悠然的心境、达观的意识了。

曹聚仁先生在《浮过了生命海》一书中讲过这样一个故事：相传波斯王即位时，要他的臣下编一部完整的世界史。几年过后书编成了，是一部六千卷的皇皇巨著，可是国王已到了中年，由于国事忙碌，抽不出时间来看。于是，他要臣下把书缩短一些。及至缩编成功，国王已经年老了，连那缩本的世界史也没精力看了，他便要臣下把它再缩短一些。直到他垂死时，也没有读成那部世界史，深以为憾。这时，一位年老的史学家赶到病床前，把这部长达六千卷的世界史缩减成一句很短的话，说给国王听："他们生了，受了苦，死了。"人类的历史画卷卷帙浩繁，纷纭万端，然而要以最简洁的话来概括，却也不过如此。

淡泊萧然的暮年心性是精神层面上的。本来，溪水无心地流淌着，不涉人情，无关世事，可是，原本积极入世的孔老夫子溪旁闲步，看在眼里，却蓦然兴起岁月迁流、"逝者如斯"的慨叹。秋风萧飒，如波涛夜惊，风雨骤至，草木无情，有时飘零，而"方夜读书"的欧阳子，却为生命无常，人生易老，"渥然丹者为槁木，黟然黑者为星星"，凄然愀然。

在寒暑更迭、四季分明的北方住久了的人，乍到终年皆夏的南方往往不太习惯。我曾到过南亚一些国家，尽管那里不乏绿草红花、明楼翠阁的人间佳景，尤其是净洁如洗的澄空、葱茏蓊郁的雨林、通体透明的碧海，令人叹为观止，但是，由于一年四季都是溽暑炎蒸，节候的概念十分模糊，觉察不到一年四季的变化，置身其间，总有一种景物单调、时间凝滞、生活混沌的感觉。

人生犹如登山。年轻时体力充盈，心高气盛，又满怀着好奇心，不知艰难险阻为何物，谈笑风生，奔突跳跃，攀上了一个又一个制高点。最后立足顶巅，凭栏四望，但见江天寥廓，大野苍茫，不禁快然自足，心神为之一爽。但是，“却顾所来径，苍苍横翠微”，特别是望中并没有想象中的奇观胜景，也解释不清楚攀登中那样风风火火、沸沸扬扬的心理基因，于是兴奋中又夹杂着几丝迷惘。

这种心态颇似中年过后情景。下山时的步履总是平缓、悠闲的，时时以一种“过来人”的淡泊情怀，扫视着那些也是风风火火、沸沸扬扬的登山热客，对他们的磅礴气概和热切心情，似乎领略了一些却又并不真正理解。

三

“暮年心事一枝筇。”在古人眼里，一根朝夕相伴的竹杖能够最鲜明地参透与映衬那老去的情怀。因此，又可以说，淡泊无求的心性也植根于生理的实际。此无他，存在决定意识也。

“不知筋力衰多少，但觉新来懒上楼。”在这里，疲惫的双腿向稼轩先生提示着老之已至。而彻夜难眠、辗转反侧，则使随园老人深谙衰年的苦楚：“老去神昏夜不眠，更筹数尽五更天。”由少壮而老迈，由劲健而衰颓，“芳林新叶催陈叶，流水前波让后波”。新陈代谢，生老病死，这原是铁一般的自然规律。

威尼斯商人安东尼奥的朋友葛莱西安诺曾经发问：谁在席终人散以后，还能保持初入座时那么强烈的食欲？哪一匹马在漫长的归途上能像起程时那么长驱疾驰？这是不答而自明的。

而他的喟然叹惋，也是极富哲理性与真实感的：一艘新下水的船只扬帆出港的当儿，多么像一个矫健的少年，给那轻狂的风儿爱抚拥抱。可是等到它回来的时候，船身已遭风日的侵蚀，船帆也变成了百结的破衲，它又多么像一个落魄的龙钟浪叟，被那轻狂的风儿肆意欺凌!

当然，对于这类一般性的自然规律，人们的认识、想法也并不一致。一首老年的述志诗，是这样写的:

路遥，正是测马力的时候。
自命老骥就不该伏枥。
问我的马力几何?
且附耳过来，
听我胸中的烈火，
听雪峰之下内燃着火山，
听低啸的内燃机运转不息!

看了着实令人五内升温，感发奋起。

是的，每个人都只有一次人生，而不同的人完全可能让生命呈现出不同的相对长度。如何设法使生命永远成为一团烈火，一股清泉，燃烧着理想，流注着憧憬，让生命的每一天都向着各种新的可能性敞开，永不封闭，永不凝滞，这确是一个富有意义而且引人深思的话题。

但是，生命不息，奋力拼搏，毕竟不能止于励志，而首先是一种实践，这就不能不受到体力与智力的制约。

古代的桓温看到他当年亲手种下的柳树，“皆已十围，慨然曰:‘木犹如此，人何以堪！’攀枝执条，泫然流泪”。薛平贵“一马离了西凉界”，兴冲冲地回到阔别一十八载的武家坡，想不到发妻王三姐竟觌面不识，诧异地说：“儿夫那有五绺髯？”薛平贵及时地提醒她：你也是同样，“不是当年彩楼前”了。寒窑里找不到菱花镜，且到水缸上照容颜。不照还好，一照，王三姐哭了起来："呀，老了！"

过去说，人生七十古来稀，今天，寿登耄耋，也属常事。所以，对于身体状况，许多人常常自我感觉良好，我就总是不愿意承认老之已至。年少时觉得四五十岁就很老了，及至自己到了这个年龄，又觉得六七十岁才算老迈；而到了六十岁，又觉得自己头脑依旧清楚，腰腿还算灵快，离衰老尚有一段路程。

这种不断地把老年起点向后推移的心理现象，表明了老当益壮的勃然之气，有积极的一面，但终究不那么切合实际。专从顺生养性角度来看，也值得深长思之。人的年龄大了，不要说经受不起持续、紧张的劳累，连剧烈的心理矛盾也担承不了。卸去沉重的工作担子，保持平和、恬淡的心境，实现一种良好生命状态的恒常化，无疑有利于强身祛病，益寿延年。

这和所谓"老有所为"并不相悖。应该从自身的实际情况出发，有所为有所不为。老树十围，亭亭如车盖，浓荫匝地，是柔枝幼干所代替不了的，但是，开花吐蕊，却非千年古木的事。

人到晚年，远离了工作岗位，并不等于无所事事，只能隔着窗子闲看飘飞的雪花，或者拄着拐杖漫踏阶前的黄叶，需要做而且能够做的事情很多很多。古人早就有"老马识途""乡有三老，万般皆好"和"落红不是无情物，化作春泥更护花"的说法，表明了老年人无可代替的特殊作用。

而老有所为也应坚持量力行事。孔老夫子有一段关于"君子有三戒"的论述，末了说："及其老也，血气既衰，戒之在得。"意思是，人到年老了，气血已经衰弱，便要警诫自己，不要脱离实际，贪求无厌，莫知止足。

这里有一个分寸、尺度的问题，假如掌握失当，也会造成一些不良后果。因此，古人要说“不在其位，不谋其政”，“宿将还山不论兵”。非不负责，有所避忌也。

闲翻今人文集，见到这样一首七绝：“丹青不知老将至，富贵于我如浮云。总是夕阳无限好，管它近不近黄昏！”作者翻用了唐人杜甫和李商隐的两首名诗，既表述了中年过后的淡泊心性，又不现丝毫衰飒之气，可谓善做文章者。

天凉好个秋

人总会老的，对此绝无异议。但正如古人所说："老似名山到始知"，人，只有到了"天凉好个秋"的时节，才会对"老"有足够的敏感，足够的警觉，足够的理解。

几年前，我在福建泉州看过一场木偶戏。有一个节目名为《青春梦未还》。悠扬而低沉的乐曲把观众带进一种耽于遐思与回忆的境界。灯光亮处，在技艺娴熟的妙龄女郎的操纵下，一个披着满头白发的老妇人踉跄出场，老态龙钟，蹒跚而行。但她的心并没有沉寂，面对着青春焕发的操线少女流露出艳羡的神色，她仰头顾盼，俯首沉思，想象着自己也能够重返青春年少。突然，一个转身，白发头套甩掉了，变成了半老徐娘，一下年轻了二十岁，她脸上泛溢着光彩，扬起了舞袖，闪动着腰肢，前后左右地往复穿行，过不多时，她又再度陷入了沉思，想望着能够像操线人那么年轻，那么漂亮。忽然全身上下颠倒，兜头翻了个筋斗，一个唇红齿白、"美目盼兮"的如花少女赫然出现在观众眼前。腰肢曼妙，舞步轻盈，顾影自怜，袅娜作态，时而旋转如风，时而飘然若仙。她为自己重返青春感到无比的自豪，无边的快慰，似乎忘记了这不过是一场梦幻。我想，就剧情发展来说，最后应该安排她恢复原态，显示这种变化原是一番梦境。但表演者告诉我：

许多年轻观众都不喜欢那么做，认为是有煞风景。

是的，在一些年轻人看来，“老”是极其遥远并且难以想象的事，因此，“我也会老吗？”竟然是个疑问，至少是没有认真考虑过。由此，我深深叹服美国盲姑娘海伦·凯勒的睿智与清醒。她在那篇著名的散文《假如给我三天光明》中提议，“我们最好把每天都看成是自己生命的最后一天。持这种态度对待生活，才能深刻体会生命的价值”。她说：“我有过这样的想法，如果让每个人在他成年后的某个阶段，失明几天，失聪几天，也许是很有益的。黑暗将使他们更加珍惜光明，寂静将教会他们领略喧哗的欢乐。”“设想一下，如果你只剩下三天的时间利用视力，那么，该如何发挥它的作用呢？随着那即将降临的第三天的夜晚的到来，当你已经意识到了太阳不再为你升起时，你该怎么办呢？”

也许我们觉得，这位盲姑娘过于吝啬，为什么只设想“三天”而不是更多时间呢？但这对于她个人来说，已经是奢望了。她曾感慨无限地说：“啊，如果我有哪怕只是三天的机缘，让我的眼前大放光明，该有多好！那时，我将能看多少东西啊！”我相信，一切耳聪目明且神智健全的人，当听到这些晨钟暮鼓般的“醒世恒言”时，总不会冥顽不灵，无动于衷的。

人生怕忆少年时。新中国成立初期刚进城读初中时，我们这些十三四岁的男孩子都不怎么用功，脑子里常常惦记着在故乡抓螃蟹、养蝈蝈、偷摘邻居瓜枣一类的乐事；身在书桌旁，心却像孟老夫子说的那样，“以为有鸿鹄将至，思援弓缴而射之”，当老师点名提问时，往往是蓦地惊起，答非所问。

几个月后，班主任领着我们排了一个小话剧，名叫《老头三年生》。剧情梗概是：一个小学生终日嬉游耍闹，不肯用功读书，结果课业荒疏，屡屡降级。这天，他忽然做了一个梦，恍惚间自己已经头秃齿豁，垂垂老矣，却仍和十来岁的儿童一起读小学三年级。建校六十周年庆典到了，同学们的祖父母——他当年的同学们，纷纷从全国各地赶回母校。这里有工程师、农艺师、大学教授，也有工厂经理、劳动模范。他们听说还有一位当年的老同学在校，便都与他相约，要一起叙叙旧。“老头三年生”得知这个信息后，非常愧怍，登时汗流浃背，悚然警觉。从此，他刻苦自励，加倍用功，矢志成才。这出小戏情节简单，主题也没有脱出“少壮不努力，老大徒伤悲”的俗套。但在当时，对我们这些思想单纯、可塑性强的少年儿童，却起到了有力的激励作用。

“劝君莫惜金缕衣，劝君惜取少年时。”青少年时期是一个人的黄金时代，大脑内部机能发展迅速，精力、体力、记忆力、创造力都处在最旺盛的时期。有人做过统计，在 1243 位著名科学家、发明家中，65% 以上的人是在二十到四十岁这段时间里做出第一项发明和创造的。所以，有“英雄出少年”的时谚。如果说自然界是“春宵一刻值千金，花有清香月有阴”，那么，人生的春天无疑就更宝贵、更美丽了。就一个人来说，青春时期拥有巨大的发展优势。古人说的“后生可畏”，“丈夫未可轻年少”，道理正在于此。

当然，在看到这种特殊优势的同时，青年人也应该意识到自身所面临的挑战。青年时期正值学龄阶段的后半期，是奠定知识鸿基的关键时刻，又处在工作阶段的开端，因而亟须掌握实际本领，取得独立工作能力。外国有一句谚语：一个人成年时收获着青少年阶段播下的种子。其含义与“种瓜得瓜，种豆得豆”大体接近。就这个意义来说，青年时代既是播种时期，也是收获时期。记得一位无产阶级革命家语重心长地对一些青年人说过：“假使你们珍惜自己的优势，那么可以肯定地说，你们会超过我们。但是，如果你们把自己的优势浪费了，不管时代怎么前进，历史怎么发展，你们和退出历史舞台的老一辈相比，可能还是望尘莫及。”

其实，世间任何优势都是相对的。作为一种生命现象，青春的优势也是一样。青年人固然比中老年人拥有更多的生命时间，但并不等于同时拥有经验、知识、智慧，以及修养、能力等方面的优势。要在这些方面同样具有优势，就须抓紧学习，刻苦磨炼，认真打好基础。而且，“流光容易把人抛”，生物性的优势时刻都在转化。当青少年步入中老年之后，年龄优势就将随之而递减与消失，这是自然规律所决定的。

但可惜的是，许多人在青春年少时并不知惜取韶光，直到年华老大，百事无成时，才痛悔前尘，但为时已晚。清代诗人孙啸壑写过一首哲理性很强的七言绝句：

有灯相对好吟诗，准拟今宵睡更迟。

不道兴长油已没，从今打点未干时。

告诫人们不要等到“油尽灯残”之时才思有所进取，凡事应该早作安排，“莫到无时想有时”。诗人以哲学的眼光，生动的形象，揭示了人生的真谛，内涵丰富，寄慨遥深。

“从今打点未干时”，寄寓着过来人的沉痛反思与顿悟。世间许多宝贵的东西，拥有它的人常常并不知道珍惜，甚至忽视它的存在；只有失去了它的时候，才真正认识到它的可贵，懂得它的价值。如同百万富翁体味不到“阮囊羞涩”的困境一样，青少年中很多人不能充分理解中老年人惜时如金、奋力拼搏的心情。

十多年前，有人写过一篇题为《减去十岁》的小说，说某单位传开一个喜讯：听说上边要发一个文件，把大家的年龄都减去十岁。于是，人们奔走相告，各打各的美妙算盘，结果当然是一场荒诞的梦幻。其实，与其当绿鬓消磨、老之将至时，寄希望于减去十年（争取年轻十年）的虚幻意识，何如提前十年、二十年、三十年刻苦拼搏、奋力进取呢！

受这些奇思妙想的启发，我倒觉得，每个人不妨假定自己倏忽间长了十岁，像那个梦境中的“老头三年生”那样，在意念中增设一种内驱力，从而“汗流浃背，悚然警觉”，而今而后，再不做轻抛虚掷大好韶光的蠢事了。

后 记

离乡日久，思之益深。这三十多篇文字，便是半个多世纪以来昔梦追怀的真实印记。无论是亲情摭忆、师友追思，抑或是故园风物的撷采、乡关文化的剪辑，都可以看作浓得化不开却又难剪难理、无法捕捉的乡情、乡梦、乡愁、乡思的摹形绘影，是“纵的历史感，横的地域感，纵横相交而成十字路口的现实感”（余光中语）的意象呈现。我把这些观念上的意蕊情丝集束在一起，以“乡心”二字概之。

乡心是抽象的，看不见、摸不着，又是具象的，可感可触，有质地，有温度。乡心连接着回忆，承载着时间的聚积，可说是对于昔日芳华的斜阳系缆。乡心更是异乡的产物，梦魂常向故园驰。这种时空距离感所产生的美，总是像磁场一样，强力吸引着人们沉酣地投入。毕竟遥远的童年梦境和篱笆院落里，沉埋了太多的故事，还有无边的畅想与期求。

看到《白云一片动乡心》这个书名，有的文友会问：既然乡心所依凭的是童年与故土，那么，它怎么会不在地上而悬在空中与白云同构呢？

这是一个有趣的话题，需要从实与虚两个层面上加以阐释。

我的故园坐落在医巫闾山脚下的大草原边上。不是有一首歌曲说“辽阔的大草原是白云的故乡”吗？云朵是随处可见的。我在一篇散文中，就专门写到带有青春的气息和轻快感、温柔感、音乐感的青岛上空的彩云，关中一带抓一把下来似乎可以团成窝窝头的朵朵黄云，透明、绮丽的南国浮云，素朴、单纯，仿佛用高山雪水洗涤过的热带晴云。但是，“白云成阵”，却是我的故乡的独特景观。在这里，不拘什么季节，只要驻足窗外，仰首蓝天，便会见到白云成团结队，缕缕层层，在蓝宝石般的长天大幕上，拉开阵势，摆开阵脚，组成阵列，形成阵容，绵延不绝地伸向视线的尽处，有着说不出的空旷和辽远。它们不停地滚动着、翻腾着，像飞絮，像棉堆，像银涛，像冰雕，像挤挤撞撞的羊群，瞬息万变，令人眼花缭乱，目不暇接。尽管离开已经几十年了，但童年时故园的天光云影，至今还经常闯入梦中。

与此恰相映衬的，是几十年间萦心系念的白云诗絮。当我远离乡关、漫步神州甚至出游域外时，常常会不经意间陷入一种莫名的思乡惆怅，于是，“白头为远客，常忆白云间”（贯休），“问乡何处所，目送白云还”（崔湜），“安得如鸟有羽翅，托身白云还故乡”（杜甫），“家山只在白云中”（李郢），“白云归处寄乡心”（许浑）这些唐人诗句，便会伴随着天际的白云，在脑际粲然浮动，宛如封封家书、声声牧笛，一起过来安抚，使我感受温馨，获得慰藉。

如此说来，把乡心与白云挽在一起，不亦宜乎？

2016年岁杪